親愛的老婆

— 珍珠婚紀念版 —

侯文詠

【自序】

在喜劇的氣氛裡

侯文詠

我有個朋友曾有感而發地表示：

「我的人生不知該算幸運還是不幸，所有我愛的女人，我都跟她們結過婚了。」

聽到他說出這麼睿智的話，我忽然警覺到，儘管我寫了《親愛的老婆》，可是以我這麼有限的閱歷，態度最好還是卑微一點——畢竟我一直只是娶了同一個老婆，然後不斷地累積和她在一起的時間而已。

況且，累積那麼久的時間一點也不是值得炫耀的事。你看電視裡的廣告，帥哥送給浪漫的女主角訂情鑽石時，總是說：

「不在乎天長地久，只在乎曾經擁有。」

「曾經擁有」以如此懸殊的比數打敗「天長地久」，可見時間對於愛情和對於女人的年齡一樣殘酷，都是愈少愈好的。因此，在多了一、二十年的歲月累積之後，如果要我像別人結婚幾週年時一定要大言不慚地講出什麼金玉良言，我實在一點理直氣壯的理由也沒有。

但話又說回來，如果一定要說什麼的話，我覺得畢竟「能和自己最喜歡的人結婚，然後不斷地累積在一起的時間」是我們的初衷。而人，並不總是能夠那麼幸運地一直活在初衷裡的。因此，儘管經過十多年的婚姻之後，愛情變得像日常生活一樣──平凡而俗氣，但我們還是快樂的。如果可能的話，我們懷有遠大的志向，還打算繼續這樣相愛下去，並且活得更老。

為了堅定這個遠大的志向，有兩個法則是我們相信必須確實遵守的。

法則一在《親愛的老婆》裡已經充分展現過了。那就是：

喜劇。喜劇。以及喜劇。

法則二在《親愛的老婆》裡並沒有被提出來，因為當時還不知道。

那就是，想盡辦法讓彼此開心地在一起第一分鐘，然後再想盡辦法第二分鐘……然後是一小時，一天，二天……一個月……一年，二年……

比較起來，我覺得「天長地久」式的喜劇比「曾經擁有」式的浪漫悲劇困難許多，因為「曾經擁有」式的男女主角只要死了就可以立刻搞定，「天長地久」式的愛情卻要搞很久才能完成。而且完成的時候已經很老了，看起來顯然沒有那麼浪漫。

不過我們還是決心繼續這樣下去，因為現在想變成羅密歐與茱麗葉似乎有點太晚了。另外，要搞很久似乎也沒有那麼久。

因為，在喜劇的氣氛裡活著，時間真的過得太快了。

【推薦序】

二〇〇一年的愛情

施寄青

認識文詠是透過苦苓，本著「物以類聚」的原則，因此認定他一定也像苦苓一樣是「小腳放大」的新男性，換言之，雖標榜的是「兩性平等」，實際上，腦袋中還有不少殘存的「男尊女卑」的封建意識，不時會浮現出來作祟。然而在跟他和雅麗交往後，才發現這種認定失之偏頗。

從他和雅麗的婚姻關係，我找到了在推動兩性平等可以樂觀的理由。因為從他們身上，開展出自有人類以來，從未有過的一種新愛情，這種愛情是建築在兩個有獨自人格的尊重、互信、互諒之上。

雖然自古以來，文學、音樂、藝術的主題泰半在探討愛情，甚至近世一些人文或自然科學如心理學、社會學、醫學等也在探討愛情的本質為何？但由於占人口一半的女性，從未受過教育，人格、經濟皆不獨立，兩性的愛情往往只是一種生存的交換。換言之，女性以性愛服務男性，以情愛攏絡男性，好換取她的生存保障。因此，在女性未擺脫男性附庸地位之前，兩性之間是沒有「真情摯愛」可言的，有的也只是飯票VS.愛情。

當愛情無法VS.愛情時，談情說愛的男女就有了主奴之分，這樣的愛情注定了是不能豐盛雙方生命的，有的只是糾葛不清的怨恨、猜忌和背叛。

二十世紀的後五十年，當女性普遍而大量受教育後，它所帶給人類的乃是整個結構的改變，這也是女性第一次有能力跟男性談真正的「愛情」，愛情首度從生存和飯票中提升為「藝術」。它也成了具有真正獨立人格的男女，值得花一輩子去經營的大業。「生命誠可貴，愛情價更高」不再是可笑的名言。因為純粹的「愛情」確是真能使人生命豐盛的無價之寶。

而文詠和雅麗正是有能力去經營這種愛情的一代，也許在他們愛情的「華山論劍」的過程中會有許多的挫折和辛苦，然而無論結果如何，相信雙方當事人在論劍之後，都能滿懷感謝的說：「謝謝你曾經愛過我，陪我走過……豐富過我的生命……」

Contents

Love Letter

2

讓我們繼續戀愛吧

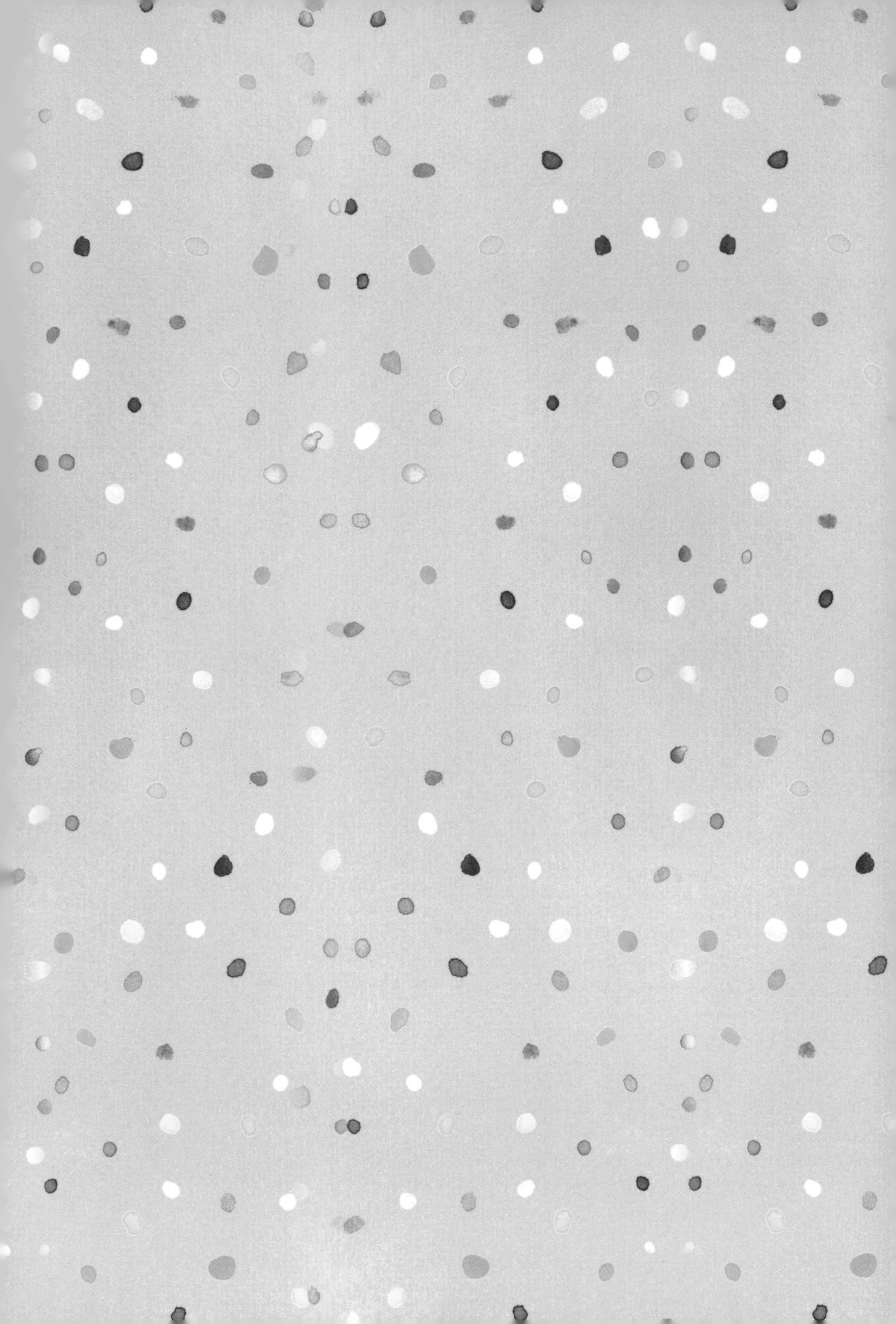

Love
Letter

1

親愛的，
我們結婚吧

終有一天，這一切都將成為過去，
即使星星、月亮、太陽、花草也是。
但唯有一件事永遠不變，
那就是我願妳快樂……

結婚進行曲

好了，現在我要結婚了。

這個過去二十多年來我不曾仔細想過的問題終於發生了。發生的經過雖然不免有一些前因後果，但是變成事實的那一剎那實在是太平靜了，平靜得我覺得有些無辜。我只是問她：

「我們結婚好嗎？」

沒想到她就同意了。

我想過去我一定聽了太多的求婚的誇張故事了。諸如要帶玫瑰花，要下跪，要費盡心思說一些很特別又很奇怪的話。所以我先放一點風聲，試探一下我會得到什麼樣的反應。

沒想到她就同意了。

現在我可有些慌了。結婚當然很過癮，可是壞處倒也不少。包括你在醫院值班的時候不再有美麗熱情大方的護士小姐免費請你喝熱騰騰的咖啡，或是可口的精緻點心，以及自己精心烹飪的消夜。你講的笑話，儘管再有趣，將不再有那些吃吃的笑聲支持你。更糟糕的是路上你看見的那些搖曳招展，令人怦然心動的女孩也都將與你美麗的想像空間天人永別。

「關於結婚，你有任何計畫嗎？」這位我準親愛的老婆開始發問了。

「結婚計畫？」

「對呀，好比是照相、禮服、喜宴等等。」

「妳是說穿得像個洋娃娃，到中正紀念堂出盡洋相，然後任人擺佈，咔嚓，咔嚓，照出兩個自己都不認識的陌生人，還得交出一堆鈔票給別人的那種傻事？」

「我從來不覺得那是傻事。」

「親愛的，我們要結婚了。但是我實在不覺得有什麼必要必須花一天，穿得奇奇怪怪到中正紀念堂去拍什麼紀念照。我們甚至從來沒有在那裡約會過。再說，也沒有人規定要有結婚照才能取得結婚證明。」

「你是說，我們只要穿得破破爛爛，隨便去拍張照片就好了？」

「難道妳看不出來那只是商業的噱頭嗎？」

「我就知道，你一點都不愛我。」麻煩了，現在嘴巴嘟得半天高。

「我不需要向生意人交錢來證明我愛妳呀。」

「可是我的親戚朋友要看啊。他們希望看到我幸福快樂的感覺。」

「人人都知道那只是假象啊。」

「你想，如果假象都看不到，誰會相信真相呢？」

好了。我們去挑禮服公司、攝影公司。我穿上全白的歐式禮服，戴上據說好看的那種胡適眼鏡，像隻玩具狗一樣，被放在新娘身邊擺來擺去，還得不時裝出幸福的微笑。清裝、民國裝，歐式、美式，室內、室外，立姿、坐姿……

這麼多的噱頭讓人實在不安。婚姻專家已經說過許多話了。我開始懷疑，會不會婚姻就是這個樣子，一堆噱頭與一堆美麗假象的組合。不但如此，人人還樂於幫忙成全這個謊言？

就在我快要哭出來的時候，攝影公司給我看了一卷他們製作的實況錄影，並問我是否願意如法炮製。那卷錄影是由三流的理查．克萊德門音樂，加上一堆吃吃喝喝的人，還有喝醉酒的人。新郎新娘被一群整人專家以很不文雅的方式修理。我斷然拒絕了他們的提議，同時心情好了一點。我有一種看到別人滑倒，拍手叫好的邪惡快感。原來我並不是全世界最無奈的人。

儘管如此，這才只是剛剛開始而已。

接著是我的母親。她的最大兒子現在要結婚了，所以她也與有榮焉。

有一天我回到家裡，發現我的老媽兼程北上。灰頭土臉從我的房間走出來。

「哎呀，你都快結婚了，房間還弄得到處是書，像個小孩子一樣。」我親愛的老媽一邊抱怨，同時我發現有兩名身強力壯的工人，把我的書桌搬了出來。

「書和結婚有什麼關係？」我走進房間裡面，哇，不得了，滿地都是書，亂七八糟，像是才遭了強盜一樣。

「你聽過有人洞房花燭夜在看書的嗎？」

「啊！我擺在桌上那一堆臨床的數據呢？」

「你是說那一堆亂七八糟，疊在桌上的垃圾紙？」

「那不是垃圾，那是臨床實驗數據。八十個病人的臨床實驗的心血結晶。一共費了我快一年的力氣。」

「我告訴你，那些垃圾已經在樓下的垃圾堆裡面了，你最好趕快去找。」親愛的老媽顯得很不滿意，「我要真的覺得那些資料很重要，我絕對不會像你那樣亂擺。」

我飛也似地奔下樓去。在一堆塑膠袋、死貓、舊沙發之間，捏著鼻子，半小時後，總算找出那疊綴成一團，還滴著水的資料。

等我再度回到房間，簡直不認識了。

先是換上了梳妝台。書，以及書櫃全不見了，變成了衣櫃。然後是粉紅色的新床，還套著塑膠套。

「過幾天我請人把壁紙一起換掉。」親愛的老媽得意地表示，「這樣看起來就更浪漫了。」

「老媽，」我有點慌了，「這哪是洞房，這根本就是把我的書房換成閨房。那以後我怎麼辦？」

「你聽好，兒子，」老媽鄭重地告訴我，「你現在已經是快要結婚的人了，你可不可以有一點要結婚的樣子？」

「我是要結婚了沒錯，可是一定要弄成這個樣子才可以嗎？」

「你不弄成這樣，人家看了怎麼知道你要結婚了呢？再說你弄得一屋子書，別人一定說這個父母親好狠心，連兒子的新房都捨不得花錢。要結婚了，總得浪漫一下啊，別那麼老古板好不好？」

我變成了一個老古板？

浪漫，浪漫，非常浪漫。這些以通俗觀點佈置，愈來愈浪漫的色彩，使我的生活愈來愈不方便。我在餐廳看書，在包著塑膠套的床上睡覺。屋子裡面像細菌分裂的雙喜大紅剪字到處增生，整個屋子像是個粉紅陷阱。

有一天夜裡我忽然醒來，想起我要結婚了，從此要過著這種生活，我害怕極了。

日子愈來愈迫近，似乎是除了我之外，人人都興高采烈。而一切的災難也都來自這些無微不至的關懷。

「乖孫，阿媽告訴你，」老祖母特別把我叫去，「那天晚上上床之前，記得偷偷把拖鞋壓在她的拖鞋上，知道不知道？」

我點了點頭，「可是這樣有什麼好處？」

「好處可多了，」老祖母神秘地告訴我，「你祖父到死之前都還不知道我靠著這一招，治了他一輩子。」

差不多每來一個人，就要好心地告訴我們一些秘方。包括標準的傳統禮俗，吊豬肉、甘蔗在禮車上。還有什麼檳榔、香菸、扇子、手帕、橘子、火爐、紅包、喜幛、公雞、茶葉……這使得事情愈來愈複雜，事不分大小，從喜宴的地點、菜單，甚至是喜帖信封上到底要用毛筆或者是鋼筆書寫，都有不同的意見。

更可怕的是，有個人把我們的八字拿去合了一下，當場規定我必須在當日早晨六點鐘完成迎娶的儀式，這才算是良辰吉時。我屈指算了一下，扣掉車程，這意味著新娘必須在午夜三點鐘左右起床開始準備。

竟沒有一個人出面阻止一下這件事，似乎是一旦你決定要結婚了，你就有活該的責任和義務。

然後愈來愈亂，直到結婚的前一天，我們緊張地拿著雙方的家族照片，努力地背著每一個人的身分以及職稱，免得明天搞錯。同時不斷有人告訴我一些有待解決的小事，像是有一個司機請假不能來，必須找人替代。或者是餐館來問到底要多少啤酒、多少紹興酒之類的雜事。這不像是結婚，有點像是明天要公演了。我很懷疑這一切能串在一起。我十分擔心，明天線一拉，這一串珠子就要撒得滿地嘩啦嘩啦了。

根據我的經驗，所有的混亂到結婚當天會完全解決。然後是一片沉悶，悶得人都快發慌了。

「我們這樣坐著要坐到什麼時候？」我偷偷地問。

「坐到時辰到了，然後上去祭拜祖先。」

坐在客廳裡的是雙方家長以及雙方家族的重要幹部。新娘一大早就迎娶回來了，但是我還不能親吻她，我們得靜靜地坐在那兒等一、二個小時的時辰。等祭拜過祖先，才算是正式過門。

雙方客氣而安靜，尷尬得很，像是給誰愚弄了似地。

沒有人找得出能夠持續五分鐘以上的話題。大家看著我，彷彿這一切罪過都是我造成的。

沉悶中，我的伯父拿出了他那台隨身小收音機。

「東元，一百零五塊。正道，一百元零三毛……」

「親家，你也收聽股票？」對方的叔叔說話了。

莫名其妙地，雙方的人馬都加入股票分析的討論與戰局。一時氣氛熱絡，雙方大有相見恨晚之勢。真是喚醒群眾，能知團結，最有力的武器。

從股票到對國事的看法，到彼此對疾病的秘方。等我們祭告祖先之後，這兩個原本素昧平生的家族，已經成了熱絡的夥伴了。國父的看法果然沒錯，二十世紀不得不為民生主義擅場之世紀。

我的婚禮是在吃吃喝喝之中結束的。那樣的場面總讓我想起費里尼拍「羅馬」那部電影中，義大利人當著大街的那種吃相，熱鬧而叫人不太敢恭維。台上的長官，不管見過沒見過，一律哇啦哇啦地講一些冠冕堂皇的稱讚與祝福。這一天新郎是世界上最好的男人，沒有人會提他襪子亂丟的醜事。新娘一定是世界上最宜家宜室的女人，大家也忘記了她愛哭的缺點。台下賓客亦不甘示弱地吃他們哇啦哇啦的宴席，交他們唏哩唏哩的際，應他們嘩啦嘩啦的酬。麥克風偶爾發出吱吱的聲響，沒有人覺得那是噪音。噪音是我們喜慶方式的一大部分。中國式婚姻最大的好處恐怕在於這是一個和稀泥的民族，你搞得愈爛，大家愈感到滿意，並且衷心祝福。

等到夜深，所有的賓客都走了之後，我忽然覺得悵然若失。婚姻像是康德拉的小說《黑暗的心》或者是柯波拉的電影「現代啟示錄」，當你充滿著期待沿著河流逆流而上，愈深入核心愈清楚地發現根本不是這麼回事。

「你還記得我們談戀愛的時候，我們期待的結婚典禮嗎？」

「當然記得。」我回答。

「說說看，我喜歡聽。」

「我們的婚禮要在一個綠草如茵的草原上。」

「對，對，再說。」雅麗興致可來了。

我硬著頭皮接著說：「賓客們都在鋪滿白色的餐桌上等著我們。風微微吹過，陽光薄薄地曬著人。我們在絃樂的伴奏下，慢慢地乘著直升機降落下來。花童為我們捲開長長的地毯……」我忽然停下來看著她，「我們的婚禮好俗氣，對不對？」

「我們只有一輩子，想過大部分人都過的日子，於是選擇了婚姻。所以結婚一定是最俗氣的事，可是我們俗氣得心甘情願。」她理直氣壯地告訴我，「再說給我聽啊，還沒講完。」

我想了想，「日子要過，夢也要做。」

說著我們都好笑了起來。

「我想我們一定會白頭偕老。」我感觸良深地表示。

「喔？」

「我再也不要再結一次婚了，」我裝出老狗的可憐相，「我覺得我像是翻山越嶺，千辛萬苦爬呀爬，總算是爬到妳的身邊。」

我親愛的老婆瞇著眼睛，做出動人的表情，「不過你還有一座山嶺要翻……」

我斜眼看她。好在這次夢魘我並不是真的一無所有，至少我親愛的老婆是一件唯一值得的事。感謝老天，我終於公演完結婚典禮。現在是我的洞房花燭夜，一切才正要開始。

我親愛的老婆風情萬種，正是春雪初融，斜照江天一抹紅。

我總算開始覺得結婚或許是一件有趣的事了……

親愛的老婆

親愛的老婆：

我很高興這時候妳終於累得心滿意足，然後帶著微笑睡著了。而我辛苦的漫漫長夜才正開始。依照妳的觀點，或者是把這一切和我們偉大的愛情相提並論的話，我所從事的都不過只是微不足道的瑣事，包括醫院的病歷、討論會的報告準備、讀書研究、雜誌社要的稿子、小說創作……妳可能不十分清楚，妳心目中那個愛情的超人，掉到這一堆微不足道的瑣事之中，竟變成了一個喘不過氣來的侏儒。

結婚之前我當然說得很好，妳窗前那盆小雛菊從來也沒有謝過。現在我們結婚了，我仍是原來那個我，我們的愛情自然也是貨真價實的愛情。雖然有時候我會疏忽了換上雛菊，讓花凋謝了一盆。可是這並不能證明什麼。上帝的歸上帝，凱撒的歸凱撒。我們是如此地相愛，雛菊凋謝干我們愛情什麼事？

妳的善良、美麗、善解人意我是明白的。因此每次妳體貼地說：「你趕快讀書，我不吵你。」我的內心便十分感動。妳總是乖乖地坐在一旁。可是過不了五分鐘便問：「我這樣不吵你，乖不乖？」或者是問：「你還有多久才寫完這一篇故事？」偶爾妳也會去穿自己新買的衣服，然後跑來說：「只要二分鐘。你看這件衣服好不好看？」再不然妳去切了一盤水果，嘟著嘴巴捧過來說：「我看你好辛苦喲，停下來吃一點水果再說。」

依照我的經驗，女生的問題多半是一路窮追猛打的，很少有單一質詢。好比說：「你愛不愛我？」如果回答：「愛。」那麼下面就會接著：「有多愛呢？」或者是：「如果說你有外遇……」這一類的假設語態問題。問題的怪異程度端看這幾日電視播映的連續劇劇情而定。結果往往是我一邊看著諾貝爾醫學獎得主的偉大報告，一邊回答：「愛死了。」這類幼稚園程度的內容。常常心肺人工甦醒節節高升的藥物劑量，不知怎地，看著看著變成了SOGO百貨服裝專櫃的大拍賣，或是股市的開低走高……

因此，妳應該很容易明白，我只要一見到妳走進書房，就乾脆自動把手邊的事「做完，或者是「讀」完，然後和妳過著「幸福快樂」的生活。妳總是體貼地問：「我這樣會不會影響你看書的時間？」「會不會影響你寫作的時間？」我自然是咬緊牙根說：「不會。」尤其是當妳不在意地說：「我覺得你最近似乎比較有空閒」時，我立刻警覺到我是多麼善於偽裝的男人啊。可是這並不代表什麼，親愛的老婆，妳一定得了解，我是多麼樂於與妳長相左右，如果不是愈來愈多的編輯老爺冷著臉孔說：「你曾答應過的，現在你又失信了。」或者是醫院科老闆拍著肩膀告訴我：「似乎自從你結婚以後，一直都是這樣無精打采。」再不然朋友們說：「自從結婚以後，我們都見不到你……」

對一個年輕的男孩子，拒絕女孩似乎是最困難的一件事。現在結婚了，我發現要堅忍不拔地「不拒絕」老婆的任何一項請求，似乎是更不容易的課題。這是人生不變的法則，一個男人，隨著年紀增大，永遠得去學一些他不太會的伎倆，才能討好女人。為了避免這種永恆的男性宿命，我自然玩了一點小小的把戲……

親愛的老婆，不管妳是否喜歡我的把戲，這時候妳都已經心滿意足地睡著了。等妳看完了這封信，不管妳打算要給我言辭的制裁，或將我揄牆，請妳一定要記得，千萬要記得，曾經有一個晚上，妳是如此心滿意足地睡著了——因為全世界，從來沒有、沒有一個老公肯為了老婆的身材，而陪她去慢跑，去做運動。

此外，在妳開始生氣之前，我也願意稱讚妳，擁有最好的身材——縱使我是一個醫師，可是關於那些結婚後什麼什麼荷爾蒙分泌、容易發胖的危言聳聽，事實上都是沒有醫學根據的。還有廣告上那些什麼雕刻女人，什麼纖維減肥……其實都教人懷疑。親愛的老婆，妳是如此地英明，可以簡單視破一千個、一萬個我精心設計出來遲歸的藉口，卻輕易地相信了這些毫無根據的暗示，不免教人感歎，千萬別信任女人的判斷……

而讓妳顯得如此缺乏大腦的始作俑者原來是我。是我去找來那一大堆的減肥廣告；是我有意無意地提起一個變肥的老婆是多麼令人厭惡的事；是我對著當街走過去身材姣好的女子露出流口水的表情；是我不斷地用那些莫名其妙的荷爾蒙理論來喚起妳內在的恐懼……

是的，除了運動之外，別無他法。從前我們服役的時候，每天跑個五千公尺、一萬公尺，並不算什麼。可是親愛的老婆，只要一千五百公尺，就可以讓妳面紅心跳，全身疲乏，然後癱軟在床上了。一個願意陪老婆運動的老公，是應該賞他一個吻的，不是嗎？好了，終於妳心滿意足地睡著了。而我漫漫的長夜才正開始。我得意地望著擺平的妳──這一切，一共花了我二十分鐘的時間。

如果妳讀完了這封信，覺得有什麼說不出來的不對勁，親愛的老婆──那實在是因為我太愛妳的緣故。明天早晨妳醒來的時候，如果發現了滿窗盛開的小雛菊，千萬不要懷疑我在外面又做了什麼必須贖罪的事。妳想，一切都和以往沒什麼兩樣，美好的陽光，芬芳的花朵，永恆不變的愛情──只是，那個愛妳愛得緊卻又有點不得已的老公已經上班去了。可是，那又關我們的愛情什麼事呢？對不對？

妳親愛的老公
敬上

早安

愛情生理學

據說如果妳和醫學院的學生談戀愛，盡量不要把肚子吃得脹脹的。因為他們如果不是帶妳去看解剖實驗室的屍體，就是吃雞肉的時候，指著食物一條一條數落肌肉、韌帶的名字給妳聽。我很遺憾醫學院早都讀完，戀愛也談上了不歸路，像扼殺浪漫這種傷天害理的事卻從來沒有做過。為了完成我學生時代未能滿足的慾望，我現在想從「心臟生理學」的觀點來談愛情（請暫時不要昏倒）。

關於愛情，我想起心臟生理學上著名的「死達令定律」（Starling Law），有一個圖形可以說明：（圖A）

你千萬別讓這個看似複雜的圖形嚇住了。說穿了，其實不值錢。（雖然醫學教授們會講得十分複雜，那不過是教授們慣有的本事。）定律的概要是，當心臟因負荷加重，面對更高的需求，心肌就會在舒張時，盡量拉長。而拉得愈長的心肌纖維，在某種程度以內，可以得到更好的收縮強度。

看圖。橫軸代表心肌纖維拉長的長度，縱軸是心臟收縮的強度。（再忍耐一下，快講完了。）從圖形中，有幾個重點我們必須知道。

(1) 心肌長度愈長，收縮力愈強。但是有個極限。如甲曲線，長度一旦超過了X點，心肌拉得愈長，收縮強度反而變差。

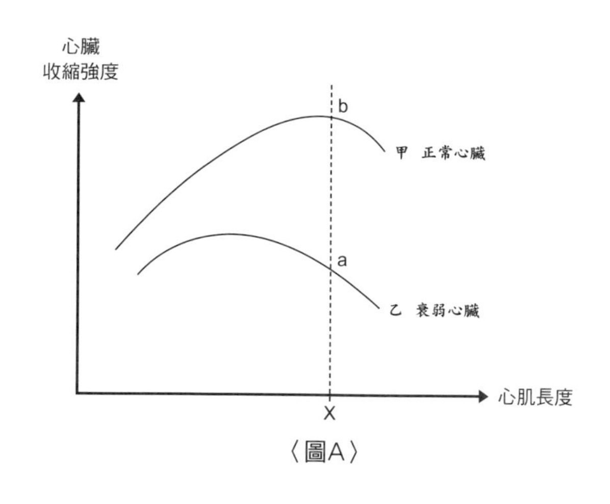

〈圖A〉

(2) 就同樣的長度、心肌張力而言（X點），正常心臟收縮強度b，遠大於衰弱心臟a。

(3) 醫學上改變衰弱心臟乙，使之變成甲可分成內科與外科治療。內科治療在於改善外在條件，如酸鹼、離子平衡、降低血壓、使用強心劑等等。外科的方法則是整個切除衰弱的心臟，重新移植。

OK。開始來談我們的愛情生理學，也是同樣的圖形。

橫軸代表所施予的壓力與關懷，縱軸代表愛情的強度與反應。甲曲線是一個正常的愛情曲線，乙是一個衰竭的愛情曲線。根據「死達令定律」，大部分人在不滿意愛情的強度時，所採取的第一步驟（或者是僅有的步驟），便是增加愛情的投注，給予更多的關懷，更密集的約會，甚至是更強的

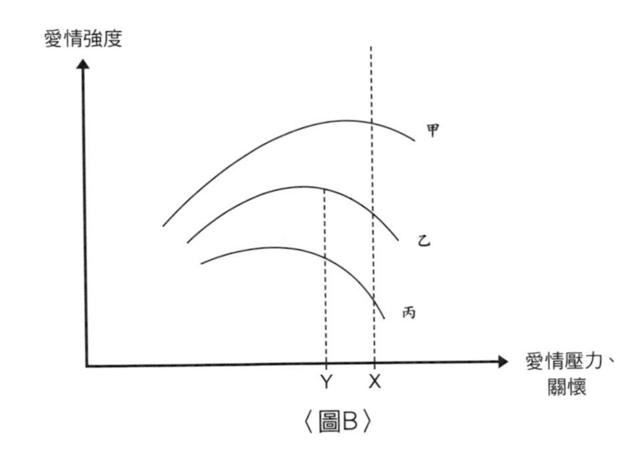

〈圖B〉

壓力，企圖增加愛情的強度。事實上，是否果真如此？我們來看圖。（圖B）

(1) 從甲曲線我們發現，當張力、壓力小於X時，愛情的強度與壓力成正比。這時候，所有的付出，都可以得到成比例的回報。萬一你持續增加關懷、投注，得到的卻是反效果（好比對方說，我的壓力好大。或者，我想靜一靜。或是——因為不能承受對你的真情，所以不敢靠你太近……）這時你得考慮是否壓力太大，已經超過了X值。一旦壓力大於X值，更多的付出，徒然得到反效果。

隨著個別差異，X值並不盡然相同。因適當地摸索出愛情強度最大的X點是很重要的一件事，過與不及，都不是好事。

(2)並不是所有的愛情都可以用甲曲線來解釋。萬一你的愛情是一個衰竭愛情，很可能出現的是乙曲線、丙曲線。這種衰竭愛情的特徵是承受壓力與關懷的能力十分有限，給予大量關懷與壓力，最初可能有少許的效果，可是一旦超過Y點，強度立刻開始滑落。

類似的衰竭愛情，另一個特徵是，無論如何，愛情強度無法達到令人滿意的程度。

(3)因此，一段愛情的健全與否，全在於對於關懷的耐受度。給予更大的關懷，能夠接受，有所反應，不至於衰竭。然而，隨著時間變化，以及種種外在條件、內在條件的改變，甲曲線的愛情，可能變成乙、丙曲線。乙、丙曲線的愛情，也有可能改善成為甲曲線。所以，面對一個衰竭愛情，適度地增加關懷（如壓力≦Y），不過是暫時的手段。更重要的是如何解決目前愛情本身的結構性問題，以及客觀的外在因素，將曲線由乙、丙，提升至甲的程度。

(4)至於提升的方法，實在不在本文的討論範圍之內。不過概要說來，也可分成內科治療與外科治療。

內科治療是針對結構性的內在問題，諸如人生觀、氣質、興趣、宗教、家庭、經濟……做適應、調整與改變。改變的方法，市面上心理叢書、什麼排行榜叢書，至少有一牛車，信不信由你，不再冗言。

外科療法是在一切努力皆告失敗之後，將功能不好的愛情完全除去，重新移植一段不同的愛情，使你擁有一個全新的甲曲線。當然付出的代價與心臟手術一樣，是開刀的傷痛與恢復期間的苦楚。好在目前心臟移植的年存活率已達90％，五年存活更達80％左右。愛情當然要全力以赴，可是所有的愛情一開始總得有全盤移植的最壞打算，果真愛情失敗，就活不下去，或是表演自殺，那還不如不談也罷。

好了，說這麼多，原來關懷與付出並不是愛情的最佳方法。事實上，這麼簡單的「死達令曲線」裡，還有更多的玄機有待你自己去體會，再說下去，恐怕連生理學教授們也要瘋狂了。類似的科學玄想，把浪漫的愛情扼殺到這種地步，真是過癮。還請各位想來信指責的朋友多忍耐，只此一次，下回一定改過。現在閉嘴便是。

愛情與等待

基本上，有人認為結婚是在嚴冬裡跳入冰洞，做了一次，一輩子都記得。我們結婚是在盛夏，不過那種跳入冰洞的感覺倒是很實在。幸好溫度有一個好處，只要不太離譜，很快就能適應了。

結婚以後，我親愛的老婆把訓練一個標準丈夫當成是她的職志。果然她收到了很大的成效。包括我從此失去了亂丟襪子的權利，用完書籍必須物歸原處，拿了錢要寫紀錄，還有我隨時必須把房間保持在某種程度以上的整潔。

收拾房間對我從來不是什麼大問題。就一個理性的成年男子而言，當一個房間的亂度超過了他的忍受度，他自動會收拾。因此也就沒有任何環保問題。

我親愛的老婆本來可以接受我的理論，可是漸漸她發現每個人的忍受度原來是大不相同的。往往在一個房間的亂度還未達到我忍受度的二分之一時，她早已氣得人仰馬翻了。於是規則很快改變了。

亂度以她的忍受度為限，並且收拾的人是我。

「為什麼要規定以妳的忍受度為限呢？」我可不滿意了。

「因為我們是一體的，親愛的。」

「那為什麼不是以我的忍受度為標準呢？」

「親愛的，」好了，一個腮吻就解除我的武裝了，「我們的生活氣質可以降低沒關係，可是我們的生活品質一定要提升，你說是不是？」

「那為什麼是我收拾呢？」

又一個吻。「因為你愛我，疼我呀。對不對？」愛情暴力。

現在你大概知道了我們家的公正、公平、公開是怎麼回事了。雖然說都有一定的規則與法律，可是規則的制定與頒行學問可就大了。

向來我是嗜書如命，不管走到哪裡，無趣的時候，只要沒有書，我就會全身不自在。生命像是一場慢性疾病，到處充滿了無聊。因此我得隨時帶著書本，像是吃解藥一樣，不時和這場無聊病作長期抗戰。不但出外如此，在家裡更是這樣，從廚房、浴室、廁所、客廳，到餐廳，都有書本埋伏，以備我不時之需。

但是我親愛的老婆可不這樣認為。

「親愛的老公，你為什麼要把垃圾到處亂丟呢？」

「那是書，不是垃圾。」

「如果是書，為什麼不放在書架上呢？」

「那有特別的意義啊。」

「我實在看不出來，苦苓的《校長說》丟在沙發上有什麼意義？」

「只有那種書的每篇長度，剛好適合電視廣告的長度。」

「那抽水馬桶上面那本馬克斯的《資本論》，你又怎麼說？」

「我看了會想大便。」

「我不管你怎麼說，你把書弄得像垃圾。」

「親愛的老婆，那是書呀。」

「如果你不把書裝到架子上或是你的腦子裡，我實在看不出書和垃圾有什麼差別。」

書權之不得伸張，可見一斑。

最近我看莊裕安醫師寫的書《一隻叫浮士德的魚》，裡面提到出門不帶書，比不帶錢還要叫人不能心安。看了真是直呼爽快，覺得於我心有戚戚焉。想我們當初談戀愛時，在適度的光線、角度、氣氛之下，我稍舞文弄墨，談書論藝，我親愛的老婆那種著迷的眼神，與今日的書本垃圾之爭，實在是不可同日而語。是可忍，孰不可忍。我當下決定非得再出來為書申訴一番不可。

在一個陽光明媚、空氣清新的早晨，我買了一大捧的瑪格麗特花，插滿了家裡的花瓶，並且還難得地做了一頓早餐。就在我親愛的老婆快樂地享用著咖啡、荷包蛋、火腿三明治時，我愉快地回憶起我們當初的情景。

「妳還記得當初我送花給妳的情形嗎？」

「你當初還說永遠不讓花瓶裡的花凋落，還說花是你不變的心情，我怎麼會不記得？」

事實上那句話是在生死存亡的時刻說出來的，因為有個傢伙也和我一樣頑強地在她住處的花瓶裡插花。我的處境真是危急的。根據我親愛的老婆後來的回憶，如果那傢伙的英俊瀟灑有八十分，那麼我只能得五十九分。雖然我從沒見過我的對手，可是每次我坐在她的客廳，那瓶觸目驚心的玫瑰花就會囂張地湧入眼簾。每回花都新鮮得很，我可以確信那是剛剛換過。

我們坐著聊天、吃東西，可是我不再覺得那麼有趣。一大捧的玫瑰花，好像是自己的領域掛上了別人的國旗，再也沒有比維護自己的主權完整更迫切的事了。從此之後，我也加入了買花的行列。我的花是瑪格麗特，淡淡的小白花。

「淡淡的小白花，永恆的浪漫，勝過無數個短暫的激情。」

流言不斷。有人告訴我，冬日的午後，他們在校園裡的楓林大道漫步。然後是我的對手是有車階級的高能力消費者……我只是窮學生一個。當時我所做的事是每天心痛地帶著一把新鮮的瑪格麗特到她的客廳，然後面帶笑容地把花瓶上的整把玫瑰花丟掉。

「老實說，你那時候怎麼有那麼多錢買花？」事隔這麼多年，我的老婆倒想起了這個問題。

「嘿，妳別看花開得正美，我自己縮衣節食，三餐吃泡麵，餓得都快枯萎了。」

「我就是覺得你很討厭，想把你嚇跑，可是你卻像個牛皮糖似的。」

「我買到最後，連花店的老闆都同情我的遭遇，硬是鼓勵我，賠錢也要賣花給我。那一陣子就是做夢都會夢見玫瑰怪獸，好不容易把它砍掉，不久又長出來，愈長愈多，幾乎要把人吃掉。」

「倒是有點被你的毅力感動。」

殷勤，體貼，誠意，耐心。體力與精神的拉鋸戰。金錢與時間的消耗戰。雖然我漸漸有了一些優勢，可是仍然可以看見玫瑰花。敵人仍在苟延殘喘，我還可以感受到他存在。是不是我的努力還不夠？是不是我仍需等待時機一舉殲滅玫瑰王子呢？

終於機會到來了。

「那時候雖然和你約六點鐘，可是愈想愈不甘心，就這樣掉入你的愛情陷阱。於是決定不理你，自己跑去逛百貨公司。我想試試，看你到底多有耐心，如果你失去耐心，不等我了，那就作罷。萬一你真的等我，可是卻對我發脾氣，那也作罷。」

事實證明歷史是站在我這一邊的。等到十一點半我親愛的老婆從百貨公司逛回來，她可睜大了眼睛：

「你怎麼還在這裡？」

「我們約好的，六點鐘，妳忘記了嗎？」一臉忠厚老實樣。

「我是記得。可是你等這麼久，難道一點也不生氣嗎？」

「不會。我反倒是擔心，怕妳出了什麼事。」

「現在我回來了，你怎麼說？」

「看到妳回來，我就放心了。」全世界最溫柔的男人，「好了，那我回去了。好好洗個澡，祝妳有一個好夢。」

「你真的不生氣？」

「我一輩子都不會對妳生氣，妳知道的。」

在那一場決定性的戰役中，我的柔情似水大獲全勝。不久玫瑰王子節節敗退，被我消滅得無影無蹤。

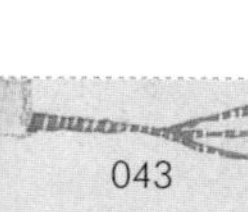

「我是覺得像你這樣的男人，雖然沒有絢爛的外表，可是你有耐心，對我又很好，可以容忍我，或許是比較可靠的吧。」我親愛的老婆的如意算盤是這樣的。

我的瑪格麗特戰爭的勝利並沒有為我帶來很久的快樂。我很快發現光靠一個男人，要使花瓶的花永遠不凋謝，不是那麼簡單的一件事。不久，瑪格麗特被換上了花期較長，花型相似，花價也比較便宜的小雛菊。

「瑪格麗特太嬌嫩，我覺得溫室的花朵根本配不上妳的氣質，所以要改成小雛菊。看似嬌弱，其實堅忍、有傲骨，多麼叫人傾倒啊。」

慢慢換成了小雛菊。漸漸，花朵並沒有凋零，只是看不到了。

現在我親愛的老婆望著那捧瑪格麗特花，有點出神了。

「你不是那麼有耐心的人，我知道。」親愛的老婆發問了，「那時候你為什麼那麼有耐心？」

現在終於問到重點了。我必須告訴她是因為有書的關係。那天晚上，我從六點鐘到十一點半，正好看的是馬奎斯的《百年孤寂》。她回來得太早了，螞蟻把小孩搬走那一段都還沒有看完。在往後無數次的等待中，我真的一點也不生氣，因為我有對付無聊的最佳解藥——書。書對我們的愛情作出了這麼偉大的貢獻，因此，無論如何，我們不可以把它當成垃圾對待。

我抬起頭看到我親愛的老婆，看到她臉上的表情。我立刻明白，書——完全不是她預期中的答案。我猶豫了一下，馬上作出標準的正確回答：

「那是因為我愛妳啊。」標準答案！愛情暴力又一次成功地蹂躪了真理。

我親愛的老婆可滿意了。她心滿意足地看著瑪格麗特花，好久，終於回頭告訴我：

「下次買小雛菊就可以，別老是出手那麼大方，知道嗎？」

愛情與謊言

歷史往往存在人的記憶中。而人的記憶往往因為主觀的因素經過時間的腐蝕之後，發生了改變。因此，基本上一件婚姻，或者是愛情開始有所謂歷史這回事時，歷史應該是錯誤的。

截至目前，我與我親愛的老婆仍有一件懸而未決的公案，那就是當初到底是誰先勾引誰？

這事一談起來就傷感情，我的老婆一廂情願地認為是我主動去招惹她：

「在我還年輕得不知道怎麼拒絕一個男孩子的時候，就被你騙走了。」她一口咬定是我甜言蜜語，花言巧語去誘拐她。不但如此，目的達成之後，得了便宜還賣乖，反過來說是她來勾引我。

可是我卻覺得是她先用眼神來勾引我，害我為她神魂顛倒。你別看捕蠅草靜靜地開在那兒不咬人，可是它吸引蒼蠅，一旦蒼蠅沾惹上去，立刻被捕蠅草一口吃掉，化作春泥更護花，成了捕蠅草的養分。

「我才不想勾引你呢，是你自己自作多情，以為別人的眼神都在勾引你，蒼蠅那麼多，我就吃到你這一隻，差點沒嗆死。要不是你巧言令色，把我騙得暈頭轉向，到處都是蝴蝶蝴蝶天上飛，我幹嘛吃你這隻蒼蠅？」

「哎喲，哎喲，當初是誰告訴我的，你全身上下就是這張嘴巴最壞，可是我偏偏最喜歡你的嘴巴。現在怎麼又變成巧言令色了？」

「那也是你用了什麼妖術把我麻醉，我才會說出那麼沒水準的話。你是麻醉醫師，這種把戲你最會了。」

「我是花言巧語沒錯，可是比不上妳的沉默寡言。有首歌唱得好，她的安靜全是假裝的。妳就是這樣，作端莊賢淑狀，根本就是扮豬吃老虎。我就是這樣傻傻地中了妳的圈套的。」

「你又在巧言令色了，連我爸爸都說你巧言令色。」

「我到妳家去那次可是一句話都沒說，講我巧言令色太冤枉了吧。」

「就壞在你一句話都不說，簡直太離譜了。」我親愛的老婆抱怨了。

「那也是妳教我的。妳再三叮嚀，妳爸爸最討厭愛說話的人。」

既然要提起歷史，這件事就有說明之必要。

我記得見準岳父岳母當天，我換上了一襲最保守的襯衫、西服。帶上禮物一份，再三告誡自己言多必失，只差沒把嘴巴暫時用線縫起來而已。

我竭力展現一個誠實、正直、含蓄的有為青年形象。誇張的程度到了連我自己都擔心，我的岳父岳母會不會懷疑自己的女兒為什麼看上這樣一個笨蛋？餐桌上儘管岳父岳母大人如何勸菜，我只老實地固守自己的責任區域範圍內的菜。吃飯板凳只坐三分之二，眼要直，頸要正，托碗就口，細嚼慢嚥。回答問題時，一概只有是、不是，好、不好，或者全憑伯父伯母安排。不但如此，我面前那盤魚吃完時，我甚至不敢翻面，只得猛吃白飯。

「那不是話少，簡直有點阿達了。」我親愛的老婆提醒我。

「我就是學不會妳那種不說話，又能不阿達的聰明樣。那簡直是太太厲害了。」

據說我離開之後的對白是這樣的。

「爸、媽，人來了，你們也看過了。看起來是不太成材樣。」這個女兒說話了，試探，而且還以退為進。你看多麼高明的本事，功力勝過巧言令色十倍以上。

「看起來是不太愛說話。不過，對了，妳說他是醫學院畢業的。他是醫學院畢業的沒錯吧？」岳父有意見了。

顯然他懷疑起我的智商，我的演技果真過火了。

「我是想，交往這麼久了。人是普通，不過對我還算不錯。」偉大的老婆，莊敬自強，處變不驚，穩紮穩打。「如果你們覺得不好，我下回就告訴他，以後別來找我了。」

這句話有必要翻譯。如果你是為人父母親，聽到女兒這麼說，多半已經是表示，不管你同不同意，她是誓死要嫁給這個人了。不要以為你還有決定權，像從前的父母一樣。萬一你還不覺悟，真的按著字面解釋，回答女兒，請她叫那個男孩子滾蛋，你只好等著你的女兒跳樓給你看了。

「你們年輕人只要喜歡，我們老的當然也就沒有什麼意見。畢竟時代不一樣了。」好了，我的岳父當然也不是省油的燈。

翻譯起來是這樣的。既然妳那麼喜歡，我們也就只好同意了。不過因為妳自己找的，所以將來有什麼問題可別回來怪我們當初沒幫妳看仔細。男孩子我們是不滿意，但總算還老實。妳真的非他不可，怨來怨去，不能怪我們，也不能怪妳，只好把責任推給時代，說是時代不一樣了。

話多不如話少，話少還不如話好。這種惜話如金的本事，算是讓我開了眼界。

一樁驚天動地的婚姻就船過水無痕，在無聲無息中談妥了。

然後我們就像所有的戀侶一樣開始忙著訂婚、發喜帖、結婚，接受親友的祝福，庸庸碌碌地成為一對為生活忙碌的夫妻。我的太太開起了她的牙醫診所，我則在醫院上班，偶爾寫稿、上廣播，甚至還上電視的兩性節目與人磨牙、辯論。娘家一旦問起婚後生活，儘管辛苦，我親愛的老婆總是十分捧場地展現她的幸福快樂，稱讚老公穩重踏實，誠信可靠，並將之歸諸於當初老爹老娘識人有方。

好了，歷史背景交代完畢。回到我們賢伉儷爭論現場。

「既然如此，那我親愛的岳父如何說我是巧言令色呢？」我可想到了。

「你不知道的事多了。你最近不是又上了一次電視的什麼對談節目嗎？如果是國是論談也就算了，你上的是談什麼兩性問題，我爸爸最討厭的那種。所以我根本不敢告訴他這件事。」

「嘿嘿，還是不說為妙。」

「你以為電視要經過你核准才能看嗎？」問得好，「我告訴你，有一個晚上，我爸爸讀《論語》正讀得無聊，決定合上書本，下樓來打開電視，正好電視上演的是一個唇槍舌劍的兩性辯論節目。電視上盡是苦苓、施寄青、高信譚、趙寧等名嘴之流。他看了一會，你知道他說什麼嗎？」

「不知道。」

「他說現在這個時代為什麼耍嘴皮的人這麼多？」

果然和我猜的差不多。「結果他看到我了？」

「過了不久，他在電視上看到一個似曾相識的身影。」

我相信我的泰山大人一定看愣了。

「他一句話不說，靜靜地凝視著螢幕，半天，終於問，是他？」

我親愛的老婆接著又說：「事到如今，我只好硬著頭皮說，沒錯。」

「完蛋了。」我說。

「他不可置信地看了好久。那時候你正在詭辯，觀眾被你弄得又氣又好笑，正是一副巧言令色的樣子。」

「是他沒錯？他又問了一遍。我說，沒錯。他想了想，告訴我，那就錯了。」

「所以他覺得我說了謊話？」

「也不盡然。」

從某個角度而言，錯誤的觀察往往導致正確的結果。這是我的泰山大人始料未及的。

「如果說我說了謊話，那也是妳教我的。」

「我只是要你安靜一點，誰叫你演得那麼過火，一副就是說謊的樣子。」

這個公案尚未解決的部分是，我總算見識了我親愛的老婆以靜制動，以柔克剛，以退為進，以沉默戰勝聒噪的厲害。這樣的認識使我重新檢討當初我自以為是的戰略、攻勢，很可能只是我老婆以柔克剛誘拐我入彀的一部分。從來沒有一隻蒼蠅在被捕蠅草消化了之後還像我這般心甘情願，並且洋洋得意。

因此爭端永遠是沒完沒了的。

「是你當初主動來邀我看電影，我看你一副可憐兮兮的樣子才答應你的，現在你反過來說我勾引你……」撒嬌的語氣。

「嘿，妳早就期待我會請妳，甚至製造如果我邀請妳一定會成功的氣氛，妳早就費盡苦心勾引我了，對不對？」

「你看，你看，我姑姑說得沒錯……」

「妳姑姑又說什麼了？別老是把我扯進去……」

如果說婚姻是維護社會秩序不可避免之惡，那麼一點沒有惡意的謊言恐怕是維護愛情不可缺乏之壞。老公幫老婆說謊，老婆又幫著老公對岳父岳母說謊。然後互相指責對方說謊。現在又把個姑姑拖進來了。

也許你會覺得社會黑暗，人心險惡。可是這只是我們的愛情，我們打情罵俏的方式。我們自有我們的快樂。

愛情與溝通

拜現代心理學之賜，我們小夫妻一對結婚之後，仍然十分重視溝通的技巧與方式。

偶爾，我親愛的老婆會在半夜二點鐘，把我從睡夢中搖醒，親切地問：「老公，你會不會口渴？」

「不會，」我堅決而肯定地回答，然後沉沉進入夢鄉。

過了一會，她又好心地過來搖我：「老公，你想不想喝水？」

「我剛剛不是回答了嗎？」

「你剛剛是說你不會口渴，現在，我問你想不想喝水？」

天啊。「我可不可以不要喝水？」

「……」撒嬌，「人家希望你喝水嘛……」

「好好……」我一肚子窩囊，「喝水，喝水……」

「你去喝水的時候，可不可以順便倒一杯給我。」至此我親愛的老婆詭計畢露無遺。

溝通起來是這樣：

「妳為什麼不直說：妳要喝水。非得拐彎抹角？」

「因為人家愛你，所以才給你機會。」

「拐彎抹角的，什麼機會？」

「如果我說要水，你才去倒，那表示你根本不愛我，我才不要喝這種水。我是問你渴不渴，順便提醒你、暗示你，如果你想到我，表示你很愛我。那我就很高興，就可以喝到你倒的水。」

我的媽呀，這什麼女人的愛情邏輯，我完全搞不通，所以全面投降，趕緊去倒水。如果我倒來一杯水，得到的結果是我愛老婆，老婆也愛我，那實在十分划算。

據說當初我親愛的老婆在結婚與單身貴族之間做抉擇之際，聽了一個故事，有很大的啟發。這個故事其實是一個「腦筋急轉彎」。題目問，半夜嬰兒哭鬧時，如何用腳泡牛奶？標準答案是用腳踢隔壁的丈夫。她聽了這個故事以後決定嫁給我。我們結婚不久，我也聽到了這個故事。我的啟發是，犧牲不到最後關頭，決不輕言生孩子。

大部分的男人都希望用自己的道理說服女人。事實上，依照我的觀點，女人絕對不是服膺真理的動物，她們有她們自己的情緒邏輯，男人千萬別亂說話。我認識一個新女性主義的長輩，她共生了四個孩子，其中老二與老三隔了十年。

「怎麼會相差十年？」我好奇地問。

「因為我那個老公說錯了一句話，我讓他等了十年。」

「他說錯什麼話？」

「他說，我們再生個兒子吧。」

「那很好啊。」我這個男人說。

「如果他說，再生個孩子吧，那就可以考慮。」

「就這句話？」

「就這句話，已經不得了了。」

事實上他只說錯了一個字，卻換來十年光陰的等待。在實現她們的處分與懲罰，女人有絕對的耐心與韌性。我向來堅信多說多錯、少說少錯。不管是多錯少錯，不如不錯。然而，即使是男人如我，不免還是會觸犯太座的邏輯。這時，在床上親愛的老婆火大了，把臉轉過去，冷背對著你。

才華足夠的男人說好說歹，才華盡出，才勉強把親愛的老婆勸得回頭，這是所謂的溝通。有次我心血來潮，也裝一副「老爺生氣了」的架勢，把臉轉過去，一個冷背給親愛老婆瞧瞧，看她如何與我「溝通」。過了不久，我感到有人踢我的屁股，高喊：「轉過來，轉過來。」

說也奇怪，一個雖千萬人吾往矣的勇士，說時遲，那時快，乖乖地也就轉過去了。

古代有個人向皇帝打小報告，說宰相早上替太太畫眉毛，沒有尊嚴。皇帝殷勤詢問，宰相給惹煩了，冒出一句「閨房之樂，更甚於此」。看官若覺得這種溝通沒有尊嚴，我倒也是理直氣壯。再說，和自己親愛的老婆，到底需要什麼尊嚴呢？信不信由你，一個男人想要有自己的尊嚴，和自己的老婆過不去，他很快會發現，其實他是和自己過不去。有史以來，從來沒有一個男人能夠成功地捉弄自己的老婆，把自己的快樂建築在老婆的痛苦上，並以此為樂的。

說句正經的，婚姻的心態要嚴肅，但溝通的態度卻必須兒戲。全世界大概只有兒童能夠吵吵鬧鬧，一會兒高高興興地玩在一起。從來沒有像兒童的溝通那麼具彈性以及趣味性的事了。再舉證我親愛老婆懿言嘉行為本篇結束。當我們為了誰該洗碗盤，而開始間諜對間諜時，公平的辦法是猜拳決定。通常猜拳會得到二種結果：

結果一是我輸了，必須乖乖地去洗碗。

結果二是我贏了，這時親愛的老婆，就會過來依偎在身旁嗲聲嗲氣地說：「老公，我知道我輸了。可是你那麼愛我，一定會幫我洗碗的，對不對？」

對。

這二種結果不同，但是下場卻是一樣的。雖然彼此心知肚明，我親愛老婆是一個超級大無賴，但誰教我是一個標準的「我愛妳」老公呢？
在愛情與婚姻的路上或許每個人都精明十足，但我們都酷愛這種遊戲。

愛情浪漫新包裝

有一天整理舊信件，忽然發現一封婚前寫給我親愛的老婆的情書。必須事先聲明的是當時女主角還只是牙醫學系的學生。男主角放了暑假，回到南部，寫信給他在台北的女友。茲節錄內容一段如下：

雅麗，仔細唸妳的名字，寫妳的名字，發現連妳的名字都有牙的成分。回到南部以後，牙齦不斷地抽痛。在神經末梢細細膩膩地痛著，無時不刻地存在著。粗心大意的時候不覺得，一個人安靜的時候就感覺到了。知道痛一直在那裡。快樂的時候痛著，生氣的時候痛著，刷牙的時候痛著，睡覺的時候痛著，下雨的時候痛著，吃冰、吹電扇的時候痛著，汗流浹背的時候也痛著。痛變成一種生理與心理的共鳴，美麗的負擔。

我想無論如何，我都需要我的牙醫師。

如果你真的不介意，我當然還可以舉出許多同類的浪漫文字。令我驚心動魄的部分是，無論如何我竟然已經和當時的心情完全接不上線了。

這個新發現使得我非常驚訝。什麼時候我已經變成那個不解風情的老男人？每天起床，提了個公事包去上班，又提了個公事包回家。然後看報紙、喝茶，無趣地談一些天氣、政治，在電腦前安安靜靜地打字，謀殺時間。接著累了，洗澡，像隻可憐的老狗一樣，努力地爬上床，並不忘吻別老婆，說那句千篇一律的「我愛妳」。

從前我們依偎在寒風中，即使是一夜不眠，仍然是精神抖擻。現在我們在溫暖的棉被中，我的臂膀枕著她，我必須時時提防自己不小心睡著了，要不然第二天醒來保證當場一隻臂膀作廢。

曾經只為了我親愛的老婆的一個電話，電話中的想念你，我可以冒著一夜風雨，傻傻地連夜搭火車從台北到屏東。只為了在晨曦中，她睡醒了，打開窗戶，就可以見到陽光下的我。

現在我很懷疑，我是不是願意為了我們的愛，不用猜拳，自動從四樓走到樓下的雜貨店去買一包泡麵。

從前親愛的老婆總是對我說：

「我最欣賞你的風采了。你在台上說話，你的一顰一笑都深深地吸引著我的靈魂。」

現在我親愛的老婆會表示：

「在聽過了同樣的笑話幾十次之後，還能在你的朋友面前裝出自然而親切的笑容，你到底還指望我怎樣？」

婚姻是戀愛的墳墓，浪漫的終結者。不管這是哪個偉人說的話，的確有一定程度的道理。連我這個自命作家，永遠的情人的男人都不能免俗。

張愛玲說得好：

「生命是一襲華美的衣服，爬滿了蝨子。」

我對這種沉淪的感覺，愈來愈無法忍受。覺得世俗化無所謂，可是不能連我的愛情、婚姻都淪陷。

於是我挪開了一切的事，準備了濃馥的香片，甜美的大提琴音樂，等著迎接我親愛的老婆從診所下班回來，等著她驚訝而歡欣的表情。

「這是怎麼回事？」驚訝倒是猜對了，不過歡欣沒有。

「我的浪漫大反攻，」現在我可得意了，「我要重新與妳再談一次戀愛。」

我親愛的老婆用手摸摸我的前額，再摸自己的，覺得我並沒有發燒，然後很幽默地對我說：

「好，你要和我再談幾次戀愛我都不介意，不過得先等我洗完澡再說。」

「可是我已經泡好了香片，一會兒就冷了。」

「那簡單。」拿起杯子，咕嚕咕嚕喝完三百西西。

「好吧，好吧，妳先洗澡。」我嚇著了，十秒鐘不到，已經把我的浪漫計畫喝掉一半。還是有耐心一點，等她洗完澡再說吧。

不久，我聽到了嘩啦嘩啦的沖水聲。嗯，先談一點浪漫的事。

「親愛的老婆，妳知道我今天在電視上看見溫莎公爵的愛情故事，我忽然覺得那樣的故事愈來愈少了。」

嘩啦嘩啦的水聲。「你說什麼故事？」我老婆問。

「只愛美人，不愛江山的故事。」

「那是騙人的。」水聲，我老婆又說話了，「你看唐明皇愛不愛楊貴妃，一旦六軍不動，他也只好愛江山，叫美人去死了。」

「不全是這樣。妳看特洛依戰爭是為了女人而發動的。」

「昭君出塞。」老婆提醒我，「只要不戰爭，美人可以免費奉送。」

好了，當場搞不下去了，一點也不浪漫，我得想想別的辦法。

來個熱吻如何？我相信在適度的光線，適度的角度之下，我是很有魅力的。

我親愛的老婆從浴室出來了，美麗得像隻孔雀。然後我自信滿滿地迎了上去。是的，好戲正要上場。然而我的熱吻中斷了，像摩托車熄火一樣，忽然就中斷了。

「今天不行，今天是危險期。況且，我很累。」

我差點聽了沒跌倒。

「親愛的，不是妳想的那樣，我只是渴望一點浪漫。」

我親愛的老婆有點疑惑了：「好吧，那你說該怎麼辦？」

快瘋掉了。浪漫你說該怎麼辦？

我告訴自己，鎮定，總有一些別的什麼辦法。我聽到了窗外的雨聲。

「妳還記得從前我們漫步在雨中的情景嗎？」

「你是說現在？」我親愛的老婆指著窗外，睜大眼睛，露出不敢置信的表情。

我點點頭。

她搖搖頭。

「親愛的，我得告訴你一件殘酷的事實，我們都老了，你知道嗎？」

大提琴的聲音搖呀搖，慢慢地，好像也在告訴我這件事。然後我們就如同往常一樣爬上床鋪，等著睡眠來把我們今天的生命打發掉。

「有一個作家，他假裝不認識自己的老婆。他們在一家咖啡館約會、調情，每一次都像是不同的一段戀情一樣，妳看夠不夠浪漫？」

「那麼辛苦，算什麼浪漫呢？」我親愛的老婆翻了個身。

我想她很快睡著了。我卻一直清醒著。我想不通，我這個平時連買花都懶的人為什麼無緣無故得了這種浪漫症候群呢？難道我真的完蛋了嗎？

我關掉錄音機，爬下床去上廁所。

「親愛的，你又把我吵醒了，」我親愛的老婆又翻了一個身，「要跟你說多少次，難道你不能先上廁所之後再上床嗎？」

「妳知道根據統計，男人半夜起床，最常見的理由是什麼嗎？」

「上廁所。」

「不對。答案是該回家了。」

我講了一個笑話。沒有回應。顯然沒有聽懂，或者是睡著了。

我的浪漫大反攻就這樣結束了。我簡直灰心到極點。

那段日子，整個台北鬧烘烘地，政治遊行、示威、暴力、治安……我們就這樣亂七八糟地過日子，有好久沒有想起浪漫的事。

有一天，心情被搞得很壞。我去接我親愛的老婆下班回家。我們把診所的鐵門拉下來，我忽然若有感慨地說：

「唉——全世界只剩下這一小片天地是純淨的了。」

說也奇怪，我親愛的老婆用一種特別的眼光看著我，她說：

「我忽然覺得你今天好感性。」

「我覺得擁有妳的感覺真好。」說時遲，那時快，我立刻接腔。

「我也是。」哇，浪漫極了。

「妳肚子餓嗎？」

「我們去夜市吃蚵仔煎、魷魚羹。」

不知為什麼，我想起拿破崙寫的情書：

終有一天，這一切都將成為過去，即使星星、月亮、太陽、花草也是。但唯有一件事永遠不變，那就是我願妳快樂。

說穿了這不過就是我願妳快樂。可是換成了星星、月亮、太陽的包裝，變得那麼華麗。

這使我驀然覺得原來我們還是浪漫的，只不過換了不同的包裝。

不但如此，我們的浪漫一日比一日還要深刻，已經不是隨便用一點便宜的風花雪月就可以搪塞了。

好了，現在沒有音樂，也沒有香片。我們發動了摩托車，就要開始去享受我們用蚵仔煎、魷魚羹包裝的浪漫情懷了。

愛在爭執蔓延中

我們之間最嚴重的爭執發生在我服役的期間。那時我在澎湖當兵，久久才得休假一次。隔著台灣海峽，我們全靠電話聯繫。爭執的開始似乎是我親愛的老婆當時同住的姊姊與我的妹妹發生某種程度的意見不合。戰火很快波及到我親愛的老婆，然後是我的弟弟，又擴大到了在新營的老爸老媽。過了不久，我的老爸打電話來澎湖嚴重關切。我妹妹打電話來再三抱怨。我親愛的老婆自然也不甘示弱地來電發表她義正辭嚴的聲明。

戰事一發不可收拾，大有動搖國本之勢。

好了，我簡直好端端人在家中坐，禍從天上來，無緣無故給愛國者飛彈炸到了。我大約估算了一下戰事發生的地點分別是台北、新營、澎湖。當時電話費約為十秒鐘一元，到二十秒鐘一元不等。於是換了一千元的硬幣，拎著袋子走進電話亭，拾起聽筒，展開規模浩大的南北大調停。

「拜託，我戀愛維艱，守成不易，你們一定要這樣讓我輾轉反側嗎？」

「喂，搞清楚，現在才只是你的女朋友就這麼囂張，這樣下去，有一天變成了我們的大嫂，那還得了。」老弟不買帳了。

「拜託，老媽，妳好歹也幫我調停調停。」

「調停當然是可以，」老媽果然是比較深思熟慮，「不過如果是你的女朋友，將來有可能是我們家的媳婦。個性這麼強，你是不是要再考慮一下？」

好了，這下嚴重了。只好打給親愛的老婆，最後的機會了。

「親愛的雅麗，給個面子嘛，別跟我的家人過不去。好不好？」

「……」哭聲。

我的硬幣很快把一部電話機的肚子撐壞了。再換一部，仍然是容量有限。過了不久，我那一大袋的硬幣很快又空了。我第一次領悟到電信局是那麼賺錢的行業，也許我當初應該去學資訊或者是什麼通訊科系的。我的情況愈來愈糟糕，心情惡劣到了極點，我想我還不如把錢丟到台灣海峽去，事情也許來得好一點。

我整個人一點力氣也沒有，坐在電話亭旁的椅子上。一個陽光薄薄的清晨，風仍然吹得人有點涼意，是一個適合悲傷的日子。有個傢伙就在我的附近打電話。看他的表情就知道正和女朋友吵架。我實在太悲傷，又太無聊了，所以很想聽聽別人到底是怎麼和他的女朋友吵架的。

「妳看看，風這麼大，雨這麼大，我冒著這麼大的風雨來給妳打電話，妳還不聽我解釋，難道妳要我一直在這裡淋雨嗎？」他的語氣愈來愈激動。

我有點迷惑，再回頭看了一下。是一個有陽光的日子呀。風固然是有，絕對沒有那

傢伙形容的那麼激動。

不過我相信那傢伙的女朋友在海峽的對面的電話線上一定聽到了風聲、雨聲，想像著一個可憐的傢伙淋雨的模樣。

「我都已經快發瘋了。妳再不相信我，我只好去跳海去了，我再也無法忍受這樣的痛苦和折磨。」他把口香糖吐了出來。雖然聽來愈來愈可憐，可是我敢發誓，除了聲音以外，我實在看不出什麼痛苦的表情，更不用說折磨了。

「妳知道嗎？這樣的折磨對我是多麼大的痛苦呀！」

忽然我懂了。

我對著那個傢伙露出微笑。顯然他也知道我懂了，對我回報知心的微笑。

看得出來他正節節獲勝。

「要想我喔，知不知道？硬幣快不夠了，嗯，我也很想念妳。只餘下一塊錢了，我明天會再打給妳，再見了……」

他掛上電話，哇啦哇啦掉出數十元的硬幣。

我可真是目瞪口呆了。

我們不久在同一家冰果店重逢。那傢伙對我打了個招呼，走到我旁邊坐了下來。

「你這樣吵架是不行的。」那傢伙若有所思地表示，一邊還把他手中的硬幣弄得嘩嘩作響，示威似地。

「為什麼不行？」

「你的問題在於你吵得太認真了。」他叫了一客水果冰，「全世界最荒謬的事就是吵架，哪有人像你那麼嚴肅又那麼認真的？」

這倒有一點道理。

他接著又說：「吵架最重要的事就是搞清楚對象，千萬不要和你親密的人，或者是你關心的人吵架。即使是你贏了，也得不到任何快感。你想，全世界絕對沒有一個人能因為折磨自己的對象而獲得快樂的。不管是你的女朋友或者是老婆，到最後你找她的麻煩也就是找自己的麻煩。」

「那該怎麼辦呢？」

「情感的認同。」他笑了笑，「大部分的女人不是講道理的。」

「情感的認同？」我有點疑惑了。

「你可以折磨自己啊。」他又笑了，我必須承認那笑有點邪惡。「當然我並不是叫你真的去折磨自己。」

走出了冰果店，仍然有點迷迷糊糊。像是給什麼巨大的東西撞了一下。

我走過電話亭，望著那一具一具的電話發愣。

我的情況可以說是九死一生。除了我之外所有的人都吵了起來，而我僅有的解決武器是那一線薄弱的電話線。恨意正在升高。更糟糕的是他們把這一切的責任認為是我和我親愛的老婆當時的愛情的緣故。

我有點像是電影中的捍衛英雄，憑著手中的電話，就要去拯救岌岌可危的愛情王國。我的任務絕對是艱難的，因為再不解決，等到我下次有假期回到台灣，恐怕已經回天乏術了。

很好笑的是，不知為什麼，我當時想到的竟是電視八點檔的文藝愛情連續劇。連續劇中的許多對白。

如果我死了，能夠獲得妳對我的了解，我是多麼願意立刻就死去……

或者是：

妳可以打我、罵我，甚至殺死我，但不能對我再說那樣的話……

這些令人哭笑不得的對白幾十年來，儘管我們怎麼不滿意，以相同的公式賺取了多少人的熱淚。想一想還真不是憑空得來。公式讓我得到一個真理，那就是惻隱之心，人人皆有。任何一個台上的角色，只要他開始為一個名正言順的理由折磨自己的時候，鏡頭立刻轉向他。觀眾是健忘的，這時原來的衝突都暫時被遺忘了，大家開始以新的定位、新的邏輯去思考這件事。

現在我在蔓延的爭執中喪失的信心似乎有一點復甦的跡象。我掏出口袋僅存的五百塊新台幣，找了好幾家店面，將紙幣換成硬幣。我幾乎是迫不及待地想去實踐我最新體驗的真理。

陽光比剛剛強了一些。

過了不久，在微風的早晨，有個人對著電話說：

「妳看，風這麼大，雨這麼大，我冒著風雨在這裡打電話，妳還這麼不能體會我的心情……」

顯然他得到很大的收穫，並且言辭愈來愈流利。

「你們再這樣吵下去，我根本沒有心情當兵，整個人快發瘋了。我不知道我還能忍受到什麼時候，也許明天我就去跳海了……」

像是有個人登高一呼，台下這些傾國傾城的動亂忽然都安靜下來。大家把注意集中到這個登高一呼人的肚臍眼，關心起肚臍眼裡面的憂鬱來了。

於是我就在這個肚臍眼哲學的庇蔭下安然度過了最大的風浪。

我說過那是我們最嚴重的爭執。往後幾年間，我彷彿是拾獲了九陰真經般地功力倍增。我很少被吵架的問題難倒，不但如此，我把吵架當作是一件有趣的事看待。

往往在我親愛的老婆氣得面紅耳赤的時候，我學會裝出一副可憐的模樣。

「親愛的老婆，妳這麼生氣，妳知道我的心裡有多麼痛苦嗎？」除了一個氣得快發瘋的女人以外，所有的人都可以聽出這句話噁心的程度。但是不打緊，你只說給那一個唯一的女人聽而已。

「你做出這麼離譜的事，我怎麼不氣？」

「上一次妳沒有這麼生氣，看妳氣成這樣，我好難過。」

「……」

「不要不說話，妳不知道那會刺痛我的心。」講的時候可以提高聲調，像連續劇那樣。這可以增加許多樂趣，連你自己都會欣賞自己的噁心。

有點笑容了。「我不知道我為什麼老是對你兇不起來？」

「妳剛剛罵得一定有點口渴了，我去幫妳倒杯水，其他的事我們明天再說，好不好？」

明天多半她已經不生氣了。一個不生氣的女人往往是很好說話的。再說，她一定對自己昨日的惡形惡狀感到抱歉。那麼，事情就更容易了。

切記。任何一個男人，找自己老婆的麻煩說穿了就是找自己的麻煩。吵架不要太嚴肅，對自己的親密夥伴好一點，同時也對自己好一點。

如果你一定要問我什麼吵架的真訣，我倒是可以給一個最簡單、最實用的原則。

和女人吵架，先要威脅她。

萬一無效，進一步再和她談判。

萬一再無效，進一步，和她妥協。

再不行，商量。

懇求，然後是哀求……

男子漢大丈夫。依此類推。

好了，現在你知道了。造化全靠自己了。

美國愛情

親愛的老婆：

這時我坐在東區的咖啡座，看著咖啡的煙韻盤繞上來。有個長頭髮的女孩彈奏著美麗的浪漫情歌。我們的朋友正感傷地訴說著那一段失敗的婚姻。

「她從舊金山打電話來，淡淡地說她要離開我了，然後一直哭……我簡直慌了，還忙著安慰她，不要哭，不要哭。我不相信那是真的，那只是開玩笑。我一直追問，她只是哭，隔著整個太平洋哭，我一邊追問，一邊安慰她，最後我自己也慌得哭了起來。」

鋼琴彈得好美。陽光斜斜地射進來，映著桌上的玫瑰。這時每一個位置都燃起了蠟燭，混合著黃昏的光線，散發出特別的氣氛。

我想起了有一次送妳上飛機的感覺。

那時候我們還沒有結婚，我正在服役。我剛剛認識作家苦苓。這位婚姻愛情大師一看到我的情況，立刻熱心地跑來告訴我，我們的愛情注定失敗。

「為什麼注定失敗？」我可著急了。

「凡是去美國者，都是失敗。」大師出明牌了。

「可是她只是去旅行，不到一個月就回來了。」

「旅行倒還好一點。可是你別抱太大的希望，我看多了。」一副很有智慧的樣子。

「你怎麼這樣說？」

「當局者迷，我是為你好。」又一副慈悲為懷的樣子。

我當時甚不以為然。整天數著饅頭，守在機場的救護車上等著飛機掉下來。然後妳從美國回來了，一切並沒有像專家的形容那麼可怕。

妳從美國回來之後，不斷地談論著美國的種種。果然不久，妳告訴我留美的計畫。不瞞妳說，我開始緊張了。（果然沒錯，好厲害的專家！）

「我們雖然彼此相愛，可是不能因此綁住彼此，我們應該共同成長才對。」妳的說法完全是標準的專家模式，我全無招架的能力。

「所以妳決定讓我在這裡吹海風，妳到美國去，然後我們共同成長。」

「我就知道你會不高興。」

「所以妳要試看看我是不是真的不高興。現在妳知道答案了。」我必須承認我是有點不講理了。

「我就知道你是一個大男人主義。」妳嘟起嘴巴，「你想，等我去美國，拿到博士，你也退伍，經歷住院醫師，拿到了專科醫師執照。我們彼此沒有約束，都隨著時間成長，不是很好嗎？」

「對呀，除了我們的愛情以外，一切都隨著時間成長。」

「哎喲，」妳不耐煩了，試著用別的方法開導我，「你想，過了五年之後，你對我的愛情會不會改變？」

「我相信不會。」

「那我也不會。」妳天真又活潑地表示，「我們都不會改變，又成長了許多，你不覺得很好嗎？」

「我只是說我相信我不會。事實到底會變成怎樣，我也不知道。」

「你不是說生死相許，永誌不渝嗎？為什麼才五年，事實會變成怎樣，連你也不知道了呢？」

親愛的老婆，在愛情的偉大旗幟底下，我毫無反駁的餘地。妳的邏輯說得沒錯。如果我相信妳，應該放妳出去闖蕩，像一隻小鳥一樣自由自在地飛翔。可是就另一個觀點而言，因為我們偉大的愛情，使我直覺到這樣的觀點令我渾身不自在。我陷入了矛盾的深淵。

我真的變成了專家口中那種大男人主義者？我為了自己的愚蠢而阻礙了對方的進步嗎？妳知道我幾乎很難拒絕妳的任何要求，但這次我卻覺得困難。

於是我決定用不同的態度告訴妳，關於這件事的看法。

「我不相信，五年之後我們的愛情不會改變。」好了，沒有永恆不變的愛情官僚，沒有文藝電影中的愛妳億萬年的浪漫，我總算大聲說出我的觀點，我感到無比快樂。

「你是說你可能變心？」妳睜大了眼睛。從來沒聽過這麼大逆不道的話。

「我相信。」

「你是說，如果我赴美去讀書，你不願意等我？」

這樣的對白可能有史以來，已經不知道有多少對情侶重複過，甚至我自己都感受到了那樣的俗氣。可是你沒有辦法，再偉大的愛情也不過是重複一次千千萬萬人曾經做過的事罷了。

「我希望妳清清楚楚地明白，我不相信。我不願妳抱著任何曖昧的想法離開我。」

「你是在威脅我？」

多年來，妳一直覺得我曾經威脅過妳。事後我自己想想，那的確是威脅沒錯，雖然我從來不承認。認識妳以來，第一次像個對手似地威脅妳。可是什麼樣的愛情不須付出代價呢？又有什麼樣的愛情在這樣現實的邊緣不是這樣難分難捨，曖昧不清呢？

喜歡的是清澈明白的感受。

「為了愛情，難道我真的必須放棄這麼多嗎？」

「有些人放棄比這還要多的東西，卻不一定能結合。」

「那為什麼是我放棄？」

「我並沒有要妳放棄，我只是希望妳在轉彎口的地方等我一下。我清清楚楚地要妳明白，如果妳不願在轉彎口的地方等我一下，也許，這一輩子，我都無法追上妳了。」

「如果我等你呢？」妳問。

「等我上來之後，我陪著妳一起跑。這次我保證不再讓妳等了。」

靜默。我知道妳必須抉擇。

是的，妳沒讓我感到失望。牽著妳的手走過地毯的另一端時，我忽然想，我這一生一世，再也不要給妳任何任何的威脅了。

現在我坐在咖啡座，想起妳正在診所忙著妳的業務。妳是不是也曾經像我一樣，抬起頭望著窗外的雲彩，想起許許多多的如果。如果當時，並不是這樣……如果妳真的走了……

婚後我曾問妳出國深造的事，妳只是笑了笑。

「為什麼不出國了呢？」

「因為我結婚了啊，有我深愛的家庭、丈夫呀。」

「會不會後悔？」

「不會。」

「為什麼不後悔呢？」

「因為我愛你啊。」

「如果當時出國了呢？」

「我想我們大概不會結婚了。」妳笑了笑。

「如果沒有和我結婚，會後悔嗎？」

「我不知道。也許不會。」

「怎麼說不會呢？」

「或許人不知不覺中會相信自己選擇的命運吧。」妳又笑了，「可是，我現在真的很高興擁有你的感覺。」

「我也是。」

親愛的老婆，想起了這些陳年往事，現在已經是笑笑看待。可是真要感謝妳那美麗的抉擇，我們的朋友，以及所有那些能讓我們以這種心情看待的因素。

音樂正美。我只是忽然想告訴妳我此刻的心情。不再多說了。

妳親愛的老公

愛妳永誌不渝

麻醉自己的老婆

最近國外有一支廣告，有個聳動的對白是：

「灌醉自己的老婆，你到底有什麼企圖？」

想來天下最無趣的事莫過於想辦法讓自己的老婆麻醉，其無聊簡直到了焚琴煮鶴的地步。因此，依照慣例，外科醫師不為親人開刀。同樣的，麻醉醫師也不願意麻醉自己的老婆。

可是就在我的老婆小腹日隆之後的有一天，她忽然鳳心大悅，興致沖沖把我喚去：

「眼看我們的小孩就要出生了，你是一個麻醉醫師，不知道你有什麼想法？」

「我當然很高興啊。」

「我不是這個意思。」她想了一下，似乎在找台詞。我有一點擔心了，通常這表示事態嚴重。好了，現在她想好了。「我說，就一個麻醉醫師的立場，你能幫什麼忙嗎？」

「生產時我也可以在一旁打氣。嘿嘿，不錯吧。」

「我就知道你一點都不愛我。」隨便一點芝麻綠豆，蚊子蒼蠅，都會和我們的愛情扯上關係。「可是我會痛，你不想想辦法？」

「自然產比較好吧？妳沒聽曾經有個偉人說過，自然就是美嗎？」不管什麼話，只要賴上偉人準沒錯。

「你們這些男人原來都是這樣。難道你一點都不在意我會痛嗎？」當場從生產到麻醉，麻醉到愛情，愛情到兩性關係，接著搬出施寄青全套。真是現代男人的夢魘。

「我告訴妳，雖然我是一個麻醉醫師，可是我並不鼓勵自然生產做麻醉。」

「你少裝蒜。」她嘟起了嘴巴，以十分正經的表情一字一句地說，「我──要──麻──醉──。」

「上了麻醉也許會對胎兒有不好的影響。」嘿嘿，以理性克服感性，以學術戰勝魔術。

她丟下一張剪報給我。「你自己看看，檢討一下，為什麼別的麻醉醫師能，我們不能？」這回她是有備而來。

我仔細看了那篇關於無痛分娩的報導。

果然不出我所料，那是一個過度熱心的麻醉醫師所寫的文章，他極力鼓吹無痛分娩的好處。可是根據我們的臨床經驗，無痛分娩其實也有不少有待改進的缺點。諸如，無痛分娩還是痛，充其量是程度上的差別。再來，由於硬脊膜外麻醉藥品的注射，多少會延長產程。不但如此，成功的無痛分娩比率不過是百分之五十左右，其他的都有賴於產鉗，或者是剖腹產來解決。

「怎麼樣？無話可說了吧。」我親愛的老婆露出得意的笑容。

我真是不知該從何說起。這是一樁鐵定吃虧的買賣。依照她的期望，我完全無法下麻醉劑量。藥物給得少，無痛會痛，我當場丟臉。藥物給得多，產程延長，小孩危險，我亦難逃失敗的噩運。當場靈機一動，把問題推給權威如何。雖然權威面臨的難題與我一樣，但是權威總是可以不被怪罪。再說，萬一權威真的失敗了，表示麻醉困難，非戰之罪。我也善盡推薦之責，坐享功勞，何樂不為？

「這樣，我推薦我最尊敬的麻醉學大教授，也是我的啟蒙恩師來為妳麻醉，如何？」

「我才不要什麼大教授，我就是要你給我麻醉。你想，常常你在醫院值班，我一個人獨守空閨，為的是什麼？就是希望你技藝精進。你都在為別人服務，我好不容易有這個機會，就是等著看你的表現，你卻輕言放棄。那枉費我嫁給你的一片痴心。」

眼看著大軍節節敗退，只剩下最後一招了——威脅。

「妳不怕我的技藝不精，把妳做壞了？」邊說還面露兇光。

「親愛的侯大醫師，人家最相信你了。」天啊，無限柔情。「再說，即使被你傷害了，我也是心甘情願。」

好了，當場又被套牢。我不明白，我的老婆一遍又一遍用同樣的伎倆誘騙我，我卻像個白痴似的一遍又一遍樂於上當。

我們的耶誕小乖乖並沒有依照規定，他不但早到了，而且還是臀位。據說臀位的孩子是因為頑皮，在肚子裡面翻轉，他忘記了自己長得很快，終於翻不回來了。為了種種生產的考慮，我們決定採取剖腹產。

現在我的老婆側身背向我，躺在手術枱上。她的雙膝緊靠著小腹，頸部彎曲，標準的半身麻醉姿勢。拿著長針的那個麻醉醫師正是我。開刀房裡面可熱鬧了，有婦產科醫師、麻醉護士、許多麻醉醫師、開刀房護士……都是熟人。其中看熱鬧的人比做事的人還多，一個麻醉醫師麻醉自己的老婆畢竟是件有趣的事。開刀房的氣氛有幾分喜氣，也有幾分緊張，因為硬脊膜外注射並非是普通的程序，稍一不慎就有可能穿破硬脊膜，造成腦脊液外流，甚至感染發炎……

顯然這個將出生的兒童很討爸爸的歡喜。因為如果採用自然產，所謂的無痛分娩有可能產程延長，或者失敗，我們必須被迫採用剖腹產。那這個爸爸就不是一個成功的麻醉醫師，同時也不是一個好丈夫。可是如果一開始我們就決定剖腹產，沒有產程的問題，那我大可加重麻醉給藥，於是我會變成一個成功的麻醉醫師兼優秀丈夫。雖然同樣的結果，但得到的評價完全不同。

醫學問題與社會問題果然是大不相同。

「來，深呼吸，放輕鬆。我在皮下打個局部麻醉。有問題隨時告訴我，我可以停下來，但是不可以動。」我以最平穩的聲音表示。

「對待自己的老婆是這種專家口吻，打針時手都不抖一下。」婦產科醫師笑著表示，我以為他要稱讚我，不想他接著說：「一定是個沒良心的。」

事實上我正喃喃自語。這是歷史性的時刻。我知道一旦我出了任何差錯，雖然立即有人接手，可是這個專業上的缺點將一輩子跟著我，並且流傳久遠。

一切都十分順利，打好麻醉藥物之後，我在她的耳邊悄悄地說：

「萬一等一下會痛，偷偷告訴我就好，我會立刻加藥，千萬不可大聲嚷嚷。」

然後是消毒，鋪無菌單，準備器械，劃刀。

「開刀會不會痛？」雅麗問我。我沒說什麼，伸出一隻手，緊緊抓住她的手。我們兩個人的手原來都在流汗。

不久，我們聽到了小孩的哭聲，很斯文的聲音。

手術後我還幫她做了硬脊膜外術後止痛。這一切看來，都已經是一個開刀病人所能擁有的最豪華享受，同時也是一個麻醉醫師能做的最高貢獻。

因此當我在不斷的恭喜聲中試圖分享一點榮耀時，我發現喜悅倒可以分享。但是生產過程的功勞，那簡直是一個媽媽至高無上的尊嚴，由不得任何人剝奪的。有例為證：

「妳看，有個老公當麻醉醫師還是不錯吧。生孩子都不痛。」

「亂講，你都說不痛，好像生孩子很簡單一樣。其實還是會痛的。」

「至少比別人好多了。」

「我又不是別人，我怎麼知道。搞不好你又在吹牛，你最喜歡吹牛了。」

「如果妳會痛，開刀時為什麼那麼安靜？」

「是你壓迫我，告訴我即使痛也不能叫的。」

「可是從頭到尾我一直緊緊抓著妳的手。」

「你還敢說，小孩一生出來你馬上跑去看，早就忘了我了……」

這種沒完沒了的辯證，不用說，關於生產，一個男人不管他做了什麼，他的貢獻和一個在外面走來走去，只能燒開水的父親永遠是沒什麼兩樣的。

不但如此，生產這件事，即使是醫學專家的意見，恐怕也沒有什麼效力。那是屬於女人世界特有的知識與權利。

不信你看。

「哎喲，親愛的老媽，妳老是弄這些什麼豬肚、豬心、豬腎、紅鱘、鱸魚給雅麗吃，這哪是什麼補品，全部是高蛋白質、高膽固醇的東西，根本是營養不均勻，我看這樣補下去，愈補愈糟糕。」提供一點營養學的常識給這些婆婆媽媽參考。

「你小孩子懂什麼呢？」我當場從爸爸兼醫師降格為小孩子。「我當初生你的時候，好不容易有一尾虱目魚吃。就是補得不夠，現在身體才會這麼衰弱。你們現在有得吃，反而這不吃，那不吃的。」

「這不是我個人的意見，這是醫學經驗，我必須事先聲明。」沒辦法了，把希波克拉提斯的招牌扛出來。

「哎呀，你們西醫只會吃藥。藥物都有副作用，簡直和吃毒藥一樣。你們哪懂得進補。」

「好了，反正我講不贏妳。」

「就憑你唸了幾年書，你不看我孩子都生過幾個了。」又是倚老賣老。

「那至少讓我老婆走動走動吧。妳每天讓她躺在那裡不動，手術後那麼久了，一點復健功能都沒有，這怎麼得了？」

「才兩個禮拜而已，你說那麼久。肚子都剖開了，非同小可。我怎麼會害你呢？你現在要她起來運動，肚子裂開了怎麼辦？誰負責？」

好了。她們用她們的傳統方法坐月子。我必須忍耐地不想起我的醫學常識，只想到那些美好的溫情，舊式的親切。

忍字頭上一把刀，真的是很痛苦。

過了不久，我兒子該打疫苗了。這回總算是這個醫師老爸揚眉吐氣的時候了。

除了我的兒子還吱咯吱咯地笑以外，其他的人這回都嚴肅起來了。有的幫忙抓手，有的幫忙抓腿。神氣的老爸抽好疫苗之後，在大腿外側輕輕地給予肌肉注射零點五西西。

愣小子挨了針之後先是想了一下，也許人世間並不像他原來想的那麼美好。然後他很絕望地哭了起來，愈哭愈大聲。

這一哭非同小可。先是他的姑姑哭了起來。

「好可憐，他好可憐。」

然後哭像是瘟疫一樣很快流行開來，我親愛的老婆接著也忍不住了。

我的老媽簡直是嚎啕大哭。

「我想起二十幾年前那一次你感冒，醫師給你打了四針，兩手兩腳各打一針。你那時候小小的，我愈想愈難過，到現在還很難過。」

不得了，哭成一片。然後四個人、八隻眼睛忽然同時都發現了我沒有哭這個事實，一齊把目標投向了我。

我必須再重複一次我的結論。是的。關於生產，一個男人不管他做了什麼，他的貢獻和一個在外面走來走去，只能燒開水的父親永遠是沒什麼兩樣的。

果然我親愛的老婆率先發難了。

「都是你害的，把你兒子弄得哭成這樣。」

「虧你還是麻醉醫師。」

看來無論如何這場面我是無法收拾了。我想最直接的辦法就是認錯。我錯了。我不該放著一個愉快而愚蠢的爸爸角色不當，自以為是地扮起了什麼醫學專家討挨罵的差事。

現在我不得不愈來愈佩服那則外國廣告。是的。

麻醉自己的老婆，你到底有什麼企圖？

爸爸的
產後憂鬱症

親愛的老婆：

十二月底我們的耶誕小乖乖生下來之後，我們的生活型態完全發生改變。現在家裡熱鬧極了。我親愛的老媽，也就是妳的婆婆，立即由南部北上，全力接管一切育嬰事項。不但如此，諸親友亦請託各類補品，舉凡豬心、豬肚、豬腎、鱸魚、紅鱘、人參……可謂應有盡有。

作為一個醫師我覺得最重要的工作莫過於預防勝於治療。因此在妳懷孕之初，我就一再告誡產婦產後最容易有產後憂鬱症。一方面是產後疲憊，一方面大夥把重點轉移到小孩身上，產婦忽然對生存感到莫名的灰心。再者由於荷爾蒙的改變，就發生了憂鬱的現象。我希望妳能夠事先調適，作好心理準備，以減輕這個現象。

妳現在可忙了。不但要忙著吃東西、餵奶、哄小孩，還要忙著與來探望的朋友聊天，整個氣氛熱鬧滾滾，我相信妳早忘了我曾經告訴過妳產後憂鬱症這回事。

倒是我這個被冷落的爸爸，靜靜地在一旁冷眼旁觀，莫名其妙地便憂鬱了起來。

親愛的老婆，爸爸的產後憂鬱該從何說起呢？

最憂鬱的該是從此我的尾巴變得更長了。

記得初結婚的時候，老媽高興了。她現在可有法子治理這一個令她又好笑、又好氣的兒子。從前老媽都說兒子出門像是丟掉，回家像是撿到。結婚之後，她和妳狼狽為奸，相互傳授治我的辦法。好了，現在兩人連成一氣了，不管什麼事老媽只要從南部打電話來遙控即可。

清明節妳告訴我：

「老媽說清明節我這個新媳婦一定要回家掃墓。你如果忙，老媽說，不回去也沒有關係。」

「聽起來似乎還算合理。」我說。

「不過那是老媽說的。」親愛的老婆表示。

「妳怎麼說呢？」我問。

「嘿嘿，」她用手抓住我的臉皮，又像是威脅又像是清理，半天，總算整理出一塊乾淨的地方，給我一個輕吻，「你自己說呢？」

我當然有話不能說。我原本沒事的，給自己貼了一個尾巴。我的老媽抓我抓不到，現在只要找到尾巴，就容易下手了。

我記得這個感慨還是殷鑒不遠，什麼時候我們的兒子又來了。

兒子這件事可比原來的尾巴還要嚴重。從前之人，臨上刑場仍然不敢不稱萬歲，說穿了不過是顧忌著還有後代。連續劇也是這樣演的，再不怕死的好漢，遇見歹徒挾持了自己的兒子，一旦要求什麼，也只有認栽的份。不但如此，兒子慢慢長大，又擔心他不學好，又怕被綁架，渾身不自在。做一隻泥鰍，悠游自在在泥土裡玩要多麼快活啊。可惜這個偉大的爸爸現在已經有點像那隻廟堂上的大神龜，神聖而動彈不得了。我的尾巴變得愈來愈長，先是老婆，再來是兒子，從前沒有人抓得住我，現在只要輕輕地拉住尾巴，就可以將我連根拔起了。

再來我為我所感受到的幸福覺得憂鬱。幸福原本是人人追求的事，人在幸福之中卻又是那麼地恍惚。我是一個麻醉醫師，太了解什麼是麻醉了。

常常我一覺醒來，好生懷疑。我原本自在好好的，不知不覺成了人家的丈夫，然後不知不覺又變成了人家的爸爸。人生是陷阱。每當你愈來愈覺得幸福的時候，事實上負擔也就愈來愈重。生命是一條繩索，你一掙扎，反而綁得愈緊。

很快，我們這個美麗的負擔，美麗的希望，漸漸會長大，他會愛上另一個女子，離開我們，組成另一個家庭，很快忘了他的父母親所曾經做過的努力。像所有的麻醉一樣，幸福是一種假象，夢醒來發現竟是痛的。

親愛的老婆，說來好笑，最莫名其妙的憂鬱竟像是瓊瑤故事的輕愁。我變成了那個為賦新詞強說愁的慘白少年。那一抹淡淡的綠。

我們兒子的新生忽然讓我感受到生命凋零的必然。當醫生的生涯，曾經因我的貢獻而救活不少性命，也曾志得意滿地誇耀：

死神啊，死神。你的毒鉤在哪裡呢？

現在我竟能真切地感受到它真的是存在的。

這向來是生物的循環。

雄性大蜘蛛完成繁殖之後，立刻成了雌性蜘蛛的養分。公蜂生了後代之後，亦是等著凋零。生物的定律向來如此。由於一個新生命的創造，使我更清楚地意識到自身毀滅的可能。生生滅滅，世代交替，循環不息，有誰能倖免呢？

更因為這樣，我更珍惜我們擁有的愛情以及這一切了。

一個未婚的男人，他是動物，到處走動，飢餓地覓食。他的姿態優雅，目光銳利。他充滿了魅力，等待著吸引，展現實力，來找尋他的伴侶。

一個結了婚的男人，他是植物，不再有走動的自由。只能在固定的地方，吸收陽光、空氣、水分。

今夜的我，一個有了孩子的男人，更可憐了，是完全的礦物。只能深深地把自己埋進地底，變成養分，化作春泥更護花。

別了，昨日的我。一個溫順的男人。謙卑地，向生命屈服。

親愛的老婆，今天不送妳花朵了。一會兒發現我不見了，也不須擔心，因為我一個人自己散步去了。我想給自己買杯咖啡，慶賀這個父親，也祝福我的憂鬱。也許還買一束花送給自己。

妳親愛的老公

愛妳

頑皮症候群

報社老編打電話來的時候我手裡正在翻張系國的《沙豬傳奇》，一邊看一邊發出邪惡又得意的笑容。

「喂，給我們副刊趕一篇兒童故事，算是我求你，拜託，拜託，我們四月四日要上。」

「天哪，四月四日，今天已經三月二十八日了，而且還是晚上。」我幾乎要叫出來。

「所以說，明天三月二十九日，青年節放假，你可以在家裡寫一整天，三、四千個字，任何一篇像你《頑皮故事集》裡樣子的東西都可以——」

聽到《頑皮故事集》，不瞞你說，我的心都涼了一半。

「不行啦，」我趕緊阻止，「我自從到台大醫院上班以後，變得一點都不頑皮，已經半年多寫不出一篇兒童故事了，中華兒童的吳涵碧姊姊不時打電話來詢問，一篇都交不出來。現在我只要一聽是她的電話就全身發軟、手腳無力。萬一我真的寫出一篇，被妳拿去發表，吳姊姊看到，一定把我殺掉。」

「所以我說求求你。我和你朋友這麼久，有沒有求過你？」好厲害的報社老編。

「不……不行啦，妳要我寫專欄我點子很多，兒童故事實在是可遇不可求。」

「我不管，你趕快去遇一個來吧。」

「拜託，我好不容易有一個假期，何況現在我正在看《沙豬傳奇》，正看得過癮……」

「都什麼時候了，你還這麼悠閒。現在你趕快把書收起來，回去攤開稿紙……」

掛上電話，我坐在我親愛的老婆牙醫診所裡面發愣。本來是潔淨明亮的診所，現在變得白花花一片。雅麗彎著腰正和病人的口腔奮鬥，器械發出吱、吱……的高頻聲響。那聲音愈來愈大……

「天哪，老公，你在幹嘛？」

等雅麗抬頭叫我時，我才發現有張病歷紙已經被我咬碎成好幾塊了。

據實稟報之後，我英明的老婆立刻作了三點明確的指示：「第一點，趕快把《沙豬傳奇》收起來。第二點，你到三月二十九日之前一共必須交出兩篇兒童故事，這樣才能把事情擺平。第三點，你得馬上坐到書桌前開始寫作，等一下的午夜場電影暫且取消。」

「你現在就去沉思，」我親愛的老婆露出慈祥和藹的笑容，「一會兒忙完病人我就泡茶給你。你一定能做到，我老公最有才華了，我就是這樣才嫁給你的，懂嗎？」

「懂。」

我乖乖地走回房間，腸枯思竭地翻起《頑皮故事集》。我很懷疑自己怎麼竟然就寫了一本，還自己邊寫邊笑。現在寫兒童故事幾乎成了我的夢魘。「我相信每個人心裡都躲著一個兒童……」我在書裡面說得多麼理直氣壯啊，現在可好，那個兒童不見了，好像存心要和我捉迷藏似地。我常常坐在書桌前，很容易寫好一篇雜記、一篇散文，可是要寫一篇兒童故事——那簡直要命。

然後稿紙、垃圾紙馬上積了一堆。那個兒童還不出現，雖然故事很多（什麼打棒球砸破人家玻璃啦，騎腳踏車摔壞車把，男生與女生的戰爭……），可是故事愈好，寫起來愈不像話。套句錢鍾書的話：「貓追著自己的尾巴轉很可愛，換了狗就不行。」沒有那個孩子，什麼都不行。

幾個小時之後，雅麗終於清除了所有病人，端莊賢淑地捧著茶杯進來。那時我的成品包括有垃圾稿紙十八團，一張畫滿了汽車、花、雲朵、星星的稿紙，還有一張寫了差不多一百個字的開頭……

「親愛的老公，」雅麗抓起那張寫了一百多字的稿紙，邊看邊搖頭，「這樣一點都不頑皮，和以前都不一樣……」

「不要對我提到『頑皮』，我一聽到這兩個字就會手腳發軟、全身無力……」

「好，好，不提那兩個字，可是實在不太好笑……」

「媽啊，求求妳，所有同類字都不要提起，包括什麼幽默、風趣、好笑、詼諧、滑稽、調皮、淘氣……要不然我會瘋掉——」

「可憐的老公，」她過來抱我的頭，為了講不出笑話，我變成了無助的狗，「得了『頑皮症候群』。你一定是壓力太大了，每天在醫院要對付病人，回家對付老婆，現在還得對付一群兒童……你先休息好了，反正明天還有一整天。我們把郊遊取消好了，你沒有壓力，一定能夠寫出來。」

偉大的物理學家艾丁頓說得好：

「當一隻象滑下一個草坡時，如果知道象的重量，草坡的斜度及摩擦力，那麼物理學家可以精確算出大象在滑落草坡時的正確速度，但沒一個物理學家能告訴你，為什麼大象滑落草坡會是一件有趣的事。」

而我正是那個痛苦的物理學家。

隔天是青年節。一個晴朗的日子。八十年前黃花崗七十二烈士拋頭顱、灑熱血，不屈不撓，終於創建了民國。時代考驗青年，青年創造時代。沒有什麼事情是無法完成的。我整好了精神，決心在青年節這天與這些頑皮的孩子精繼續廝殺，直到他們一個一個被我活捉在稿紙上為止。

「現在我知道了，」國定假日我親愛的老婆診所休假一天，她跑跑跳跳端著咖啡進來，「你要喝咖啡才有靈感，昨天晚上我想了一夜，原來問題出在這裡，你一向都是喝咖啡……」

「嗯，好香好濃的咖啡。」我學電視廣告。

「我就是喝這個這個長大的呀——」她也學電視廣告裡的兒童。

「不吵你了，」親愛的老婆在我額頭輕吻，「我去看電視，你趕快寫稿子。」

氣氛極好，一切都像是一個會產生偉大的兒童故事的一天。

我先從單車歷險記開始寫起。最先是莊聰明偷來姊姊的單車，然後我們開始學騎腳踏車。問題是腳踏車太大，必須一個人先坐上去，一個人扶著……寫著寫著兩個人都摔得唏哩嘩啦還把腳踏車摔壞……

寫到腳踏車摔壞，我忽然覺得很乏味，一點都不好玩。何況現在的小朋友每個人幾乎都有捷安特小跑車，哪會去偷大人的大腳踏車來學？不好。撕掉。

再寫一個小朋友立志要當衛兵，一天到晚溜出來站在自己家門口，一動也不動。撕掉。

寫一個小朋友要到香雞城讀幼稚園，還對店員鞠躬，問說，老師早。有沒有炸雞？不好。再撕掉。

雅麗看完一部長片的時候，興致沖沖跑進來問：

「還要不要咖啡？」

她看到我滿桌的稿紙團以及搔得亂七八糟的頭髮，沒再說什麼。靜靜地再沖了一杯咖啡。走了。

我在房間裡走來走去。打開窗戶，又關起來。拉上窗簾，又打開。坐回書桌前。隨便翻閱桌上的書，《生命與科學的對話錄》、《閱讀主流電影》、《憂鬱的熱帶》、《笑忘書》……抽菸。走來走去。

我喝第三杯咖啡時，順便吃了一個法國麵包，算是解決中餐。等我喝第四杯咖啡時，已經有點心悸。我很不甘心，關在房間內五、六個小時了，一事無成。

「你要不要來看電視？」雅麗興致沖沖跑進來。

「看什麼電視？」我問。

「有一個青年節的晚會，你要不要聽毛高文，還有吳伯雄唱歌？」她睜亮眼睛，彷彿那是很稀奇的事。

「我可以聽聽歌，但我絕對不要聽毛高文和吳伯雄唱歌。」

「喔。」她停了一下，「好，那我不吵你，你趕快寫作。」

「等一下，」她還沒走出房間之前，我忽然想起來，「今天電視那麼多，妳為什麼只問我要不要聽吳伯雄和毛高文唱歌？」

「我是想讓你聽吳伯雄、毛高文唱歌，或許會想出一些好笑的事。」

我停了一下。

「妳會不會覺得我愈老變得愈無趣？」我很認真地問。

「不會，」她又在我額上輕吻，「你永遠是我最有趣的老公，我永遠對你充滿好奇。」

說完這麼甜蜜的情話，立刻又回到柴米油鹽，「還要不要咖啡？」這是我崇拜的老婆，永遠把現實與浪漫抓捏得恰到好處。

我指了指心臟，搖搖頭。

「好，那我不吵你，你繼續寫作。」我敢打賭，我們結婚以後，這是她說過次數最多的話。

我在房間內，把剩餘的咖啡喝完。又寫了不到三行。決定走出房間，到客廳散散心。客廳裡電視正播著綜藝節目，歌手拿著麥克風又唱又跳，音樂節奏輕鬆愉快。我躺在沙發上，渾身上下，一點多餘的力氣也沒有……

這時雅麗可到處去替我想辦法了。我聽見她去敲妹妹的房間，用極大的聲量喊：

「智惠，妳有沒有什麼頑皮故事？妳哥哥已經江郎才盡了。」

她又去敲弟弟的門：

「文琪，你要不要出來救救你哥哥，他已經江郎才盡了。」

等她又打電話去和她姊姊商量時，我可有一點好笑的心情了。也不曉得犯了什麼罪，從昨天到現在，一直被關在房間內，莫名其妙得不得了。我看著窗外，還留著一點藍天尚未消失，打定了主意。不寫了。

等她做完一切求援行動，準備給我一些建議時，我嘻皮笑臉地對她說：

「走，我們去散步。」

「真的？」她疑惑地問。不太相信。

「當然，再晚一點天就黑了。」我毫不遲疑地回答她。

一把蔥

我親愛的老媽討價還價的本領，真是一流。

好比一件五百元定價的襯衫，她煞有其事拿起來看看式樣，摸摸質料，開口一殺價就是二百五。

「什麼？」老闆一定一愣，不可置信的表情。

然後一場拉鋸戰就開始了。先是攏絡關係，問問三姑六婆的姪子的表妹是不是老闆的親戚？然後是盤古開天似地上天下地，偶爾挑剔一下毛病，威脅利誘，然後又是作勢不買，磨菇不斷。好好的一樁買賣，一波三折，終於以兩件襯衫四百五十成交，還附帶手帕一條。多半老闆一邊找錢還一邊罵。好笑的是，再見面又變成好朋友了。

從小我們常有機會提著菜籃隨侍在側。耳提面命的緣故，人人莫不視購物為畏途。真要達到老媽要求的那種討價還價的境界和水準，簡直難過奧林匹克金牌。

因此，每次廚房煎煮炒炸，兵馬倥傯之際，老媽冷不防放出一句話來：

「你們誰有空，趕快到市場買一斤番茄回來。」

話一出來，保證上廁所的人上廁所，打電話的人忙著打電話，所有的人自動閃避，幾秒鐘之內無影無蹤。

萬一不幸被老媽逮個正著，硬著頭皮和臉皮去幹這個差事，那真是面面不討好，苦得筆墨無法形容。我從小資質魯鈍，買回來的東西不論是價錢或是附贈品，都無顏面對江東父老。倒是老妹恆心苦幹，沒事就對著鏡子練習。

「老闆，能不能算便宜點？」

「老闆，買一斤番茄。」然後裝出甜蜜的笑容，「可不可以給我一把蔥？」

這件事並不單純。微笑還分成脅迫性的、協商性的、懇求性，以及哀求性。我在同類事物的功力很快比不上我精靈的老妹，她的很多行為和思想很快超越我能理解的範圍。我就見過老妹要不到蔥，站在攤子前不走，眼睛眨巴眨巴地盯著蔥，眼淚都快流出來了。她一直站，直到老闆屈服為止。

慢慢長大，我們全家上街購物，立刻就壁壘分明了。先是審視貨物，大家同意彼此心照不宣，然後立刻兩派集團出現，鷹派的老媽和老妹在店裡和老闆砍砍殺殺，無能的鴿派集團如老爸和我，多半只能站在門口抽菸、吹牛、看看風景，數一數過往的車輛。

後來又更大了。有一次和一個女孩首度約會，名義是半公半私地幫公家去買鐵櫃、桌椅。向來我對買東西有種根深柢固的「購物恐懼症」，那次卻是愉快的經驗。原因是我除了老媽之外，又在另一個人身上發現殺價的天才。不但如此，這個女孩跑到美國去玩，為了一件皮衣和墨西哥人殺價，兩方英文都不熟練，卻殺得唏哩嘩啦。墨西哥人節節敗退，不甘心，還要了一個頰吻，才肯賣那個價錢，說是只賺了一個吻。我原本不以為然，覺得不過是買賣的噱頭，後來許多人都在同樣的地方買過皮衣，也殺過價，相較之下，都嘖嘖稱奇，我才算信了邪。

當然那女孩還有許多優點並不是殺價的光芒所能掩蓋的。現在她已經成了我親愛的老婆，是我崇拜，也是誓死效忠的對象。她和老媽兩人聯手去買嫁妝，一搭一唱，真可謂虎虎生威，如日中天。不但如此，婆媳還英雄識英雄，彼此惺惺相惜。

這回老媽特地由南部北上，我帶她去興隆超市買菜。不知怎地，老媽和那些一板一眼的不二價，快速而冷酷的櫃台計價似乎格格不入，大呼沒有人情味。我親愛的老婆眼明手快，帶到傳統市集去磨磨蹭蹭、折折騰騰，這才又皆大歡喜。

於是兩代巨匠大會師，在廚房裡炒作起來，又是煙霧、又是聲響。幾十年過去了，可是歷史在某些方面似乎沒有任何改變。忙亂中，我又聽到了那句熟悉又驚心動魄的話：

「你們誰有空，到菜攤子要把蔥。剛剛老闆娘答應過，我卻忘了拿……」

老爸和我訕訕相望，如針芒在背。然後幾乎是同一時間，我們迸出會心的笑容……

「你媽和我剛結婚的時候，只有兩雙筷子、兩支湯匙、兩個碗。」歷史回憶起來總是源遠流長，「現在所有的一切，都是這麼一點一滴來的。」

我們兩個人走到菜攤，看老闆娘半天，終於老爸開口了：「老闆娘，秤十塊錢蔥給我。」說完頑皮地轉身，用一種男人對男人的表情告訴我，「千萬別告訴你媽。」

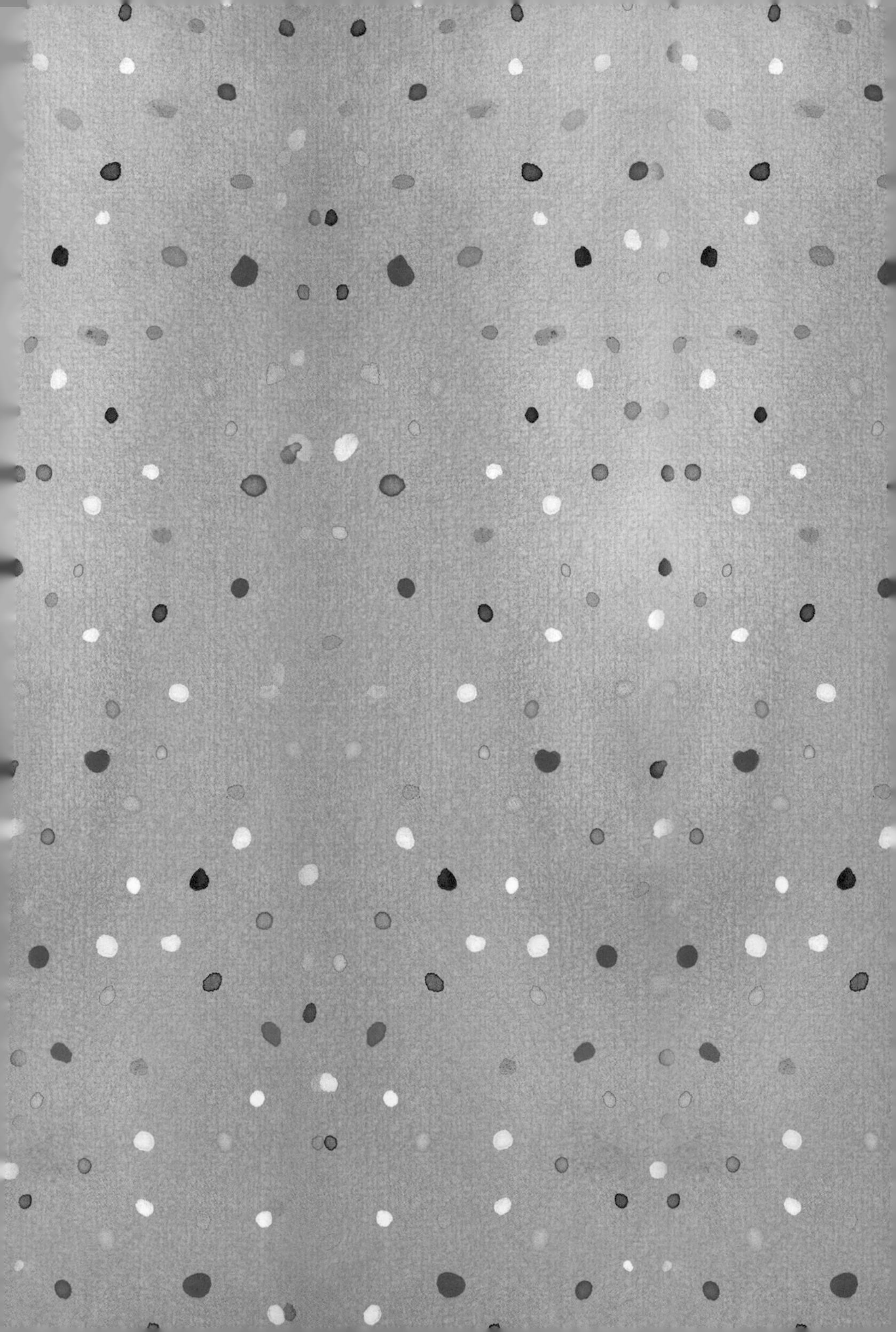

Love
Letter
2

讓我們
繼續戀愛吧

妳是我最完美的情人。
我做夢都不敢相信
世界上有這麼完美的典型，
妳遠遠超越我最美的夢想……

是的，七年之癢

1

「有個政府官員，得了急性心肌梗塞，留下大筆遺產過世了。喪禮上來了另一個女人帶著兩個孩子，口口聲聲也喊爸爸，哭得唏哩嘩啦。未亡人非常不高興，指著女人質問：我先生向來早出晚歸，奉公守法，從來沒有在外面過夜。妳不要壞了他的名節。那個女人很委屈地說：太太，妳說得沒錯，妳先生在我那裡從來不曾過夜，不過他總是利用中午休息時間過來，差不多兩點多又回辦公室上班，十幾年，孩子都已經讀大學了。要不是今天他過世了，我們實在也不想讓妳知道這件事。」

我親愛的老婆不徐不緩地說完這個故事，接著用一種若無其事的口氣問我：

「親愛的老公，眼看我們結婚已經邁入第七年了，你有沒有什麼感想啊？」

這麼快？我記得我們才牽手走過紅毯的另一端，轉眼已經七年了。

儘管如此，面對這個有創意的故事以及恐嚇性的問題，我有點愣住了。照說結論應該是很明顯的：那就是男人不可以做了那件事以後至死還瞞著老婆。或者更正確地說不可以去嘗試任何未徵得老婆同意的事情。但想一想，這件事的重點也可能變成一個中午有休息時間的男人是不是應該做結紮手術，或者是民法親屬篇修訂細節等等工程浩大的問題……

七年的婚姻讓我學會一些事情，真正的問題和表面看起來總是不一樣。在還沒搞懂層峰心中的結論之前，別自己亂下結論。因此我只能瞇起眼睛，露出無辜的笑容，那是一個男人無限愛意的至高表現。

「不是，不是，我的問題不是那一類的，沒有那麼嚴肅，你不用反應過度。」親愛的老婆對我的反應有意見了。

「可是我沒有作任何反應，也沒有說什麼話。」

「我知道，你平時意見都很多，現在你沒有反應，可見你把問題想得太嚴肅，反應過度了。」

？？？無辜的表情又變成了一臉迷惑。

「不是，不是，也不是那樣，」她習慣性地拍我的臉頰，好像麻醉醫師喚醒恢復的病人一樣，「我的意思是說，結婚那麼久，你會不會有七年之癢的感覺或者是……」

我猛力搖頭，做出臣惶恐的表情。

「我是在想，也許你真的有這種感覺。你不是說過嗎？痛可忍，癢不可忍。如果有一些天真美麗活潑大方的女孩子強加諸於你的話……」停了一下，欲言又止，「人家想知道你心中真正的感覺嘛！」

這段對話相當熟悉，宋太祖杯酒釋兵權時也對石守信等將領說過：皇帝誰不想當啊。雖然你們對我都很效忠，可是如果你們的部下主動為自己爭取榮華富貴，一旦黃袍加身，你們不想做都不行了。如果我沒有記錯的話，這些將領立刻跪在地上求饒，請皇上指示一條生路。

以歷史為鑑，我露出戒慎恐懼的表情，請太座指示一條生路。

「你不要那麼害怕，好像我是母老虎一樣。我是很認真在關心你，如果你真有這種感覺，也許我可以念在這幾年你的辛勞，考慮給你一點自由……」

自由？自由像是耀眼炫目的陽光射進暗室，以及暗室內那些習慣黑暗的瞳孔裡。

我有一點睜不開眼睛。

不知道為什麼，我想起了提姆・羅賓斯與摩根・費利曼主演的電影「刺激一九九五」中，被關了一輩子的囚犯獲得了假釋。他無法適應「自由」的世界，在中途之家上吊自殺了。

2

村上春樹寫過一篇短篇故事，講一個結婚多年的日本女人，到德國去旅遊，想幫先生買一件褲子。她沒有先生的尺寸，臨時找了一個身材相似的男人試穿褲子。她看著那個男人試穿褲子，看著看著，想起她的婚姻，決定逃婚了。這個故事結局有些驚人，不過結婚久了的人大概不難能看得懂故事背面深刻的涵義。我看完這個故事倒沒有大吃一驚，倒是第一個反應開始想：那個男人怎麼辦？他讓老婆寵了一輩子，完全退化了，現在他也許連自己的襪子，或者是內衣、內褲都找不到了？

依我看，在婚姻的每個日子裡，時間對男人是不利的。舉例來說，隨著光陰流逝，過去他們用來討好女人的那些把戲，效果都愈來愈差。好比說某種情話即席作答，氣氛經營，或者是逗女人開心的本事，甚至是獨自生活及獨立生存的能力……

情勢是很明顯的。當你是單身漢的時候，你只有簡單的幾件衣服，你甚至不需要衣櫃。你辛苦工作領到的薪水都放在皮夾裡面，錢不多不少，正好足夠讓你花到下個月領薪水前幾天。你所擁有的也正好是你生存所需的一切。可是約會的時候，你總也能夠出污泥而不染，奇蹟似地從那個窩走出來，在適度的光線與角度之下，你散發出無比的男性吸引力。你可以三餐不繼，到處借貸，勇氣十足地丟掉你的對手插在女孩客廳的玫瑰花，插上價值你一個禮拜吃飯費用的瑪格麗特花，並且承諾永遠不讓花凋謝，只為了看她臉上感動的笑容……

可是後來你墜入情網，愛上了一個女人，並且和她結婚。接著你生活方式以及人生態度的轉變不下於經歷了一場戰爭。

我常常懷疑是女人把生活變得複雜。好比說，她們會幫你買很多衣服、襪子，再加上她們自己的，那就變成非常多的衣服和襪子。她們會用她們的規矩把這些東西都分門別類，放在複雜度不下於健保疾病分類的不同格子、抽屜，或是收藏的地方，要求你也記住。同時遵守一些憲法上沒有規定的規則。這些規則隨著心情常常會變更，並且不時會有新的條文出現：

「原來放襪子的地方現在改為內衣，內衣的地方我改放夏天的襯衫，原來夏天襯衫的地方正好收冬天的棉被，你說我聰明不聰明？」

改變當然不是壞事，問題是大部分時候她們的忍受度很低，總會質問：

「你怎麼老是把那種衣服放到這裡來？」或者是：

「襪子根本不應該放在這個地方，要講幾次你才會記得住？」這類的話。

記得曾經有個偉人說過：「有此老婆不好過，無此老婆過不了。」隨著時間流逝，對大部分的男人而言好像正是如此，情況愈來愈糟。

婚姻是一個新成立的公司，你從董事長風風光光開始幹起，隨著公司的發展你的重要性愈來愈少，職位愈幹愈低，直到有一天你變成了工友為止。隨便晚來的一些員工，包括你的兒子、女兒，家裡新養的寵物，甚至是新種的植物，地位都比你高一些。

3

「因為我很愛妳，所以不會做出這樣的事情來。」好了，現在我面臨苦戰了。

「到底有多愛呢？」

「愛到國民黨與民進黨相親相愛。」

「那根本是不可能的事。」

「所以我的愛是超越世俗一切可能的。」

這些對白在婚姻生活之必要，就好像白雪公主的後母每天要問魔鏡誰是天下最美麗的女人一樣。如果有人覺得兩個孩子的爸與媽還這麼肉麻，或者是無法忍耐，那我必須以我有限的經驗提醒你，事實正是如此，別存太多幻想。婚姻不是罐頭，你從超級市場買回來，放在櫃子裡，要用時打開，就有美味可以享受。

我絕對沒有唬你！（如果你還沒有結婚，正準備要這麼做時，最好再仔細想想。）

「可是，」問題接著又來了，「很多人也都信誓旦旦，結果他們還是發生七年之癢……」這些對白會一再重複最主要的原因，實在是忠誠這件事沒有辦法用測謊機或任何科學的方法來證明，否則我多麼樂意到醫院抽個血，做個皮膚切片檢查，領到一張診斷證明書，上面寫著「茲證明某某人並無慢性皮膚炎或是任何七年之癢的現象」。從此公主和王子過著幸福快樂的生活。

現在我必須以思想、理念來證明這件事不可能發生。思想產生信仰，因為信仰所以才有力量。

「這一向是我本持的理念，好比是路旁開了很多鮮艷的花，我喜歡讓花一路開放，看過去風景多麼美麗。這時你擁有了整個山谷的花朵。如果你把其中一、兩枝花摘下來，插到花瓶裡去，怎麼看都沒有原本漂亮。再說，再美麗的花朵讓你摘回來，幾天就枯萎了。」

「你說得不錯，但有位偉人曾說過知易行難。這些道理誰不知道呢？」

「那從遺傳的觀點來說明好了，妳看我的爸爸一輩子奉公守法，從來沒有癢過，爺爺也一樣，可見家族遺傳並沒有這樣的基因。」

「虧你還在讀醫學博士，基因突變沒聽過嗎？猴子的兒子是猴子，猴子的孫子還是猴子。可是忽然有一天，砰！生了一個怪胎。猴子爸爸難過死了，那個怪胎再生兒子，還是怪胎，以後怪胎愈來愈多，就變成人了。你怎麼知道你不是那個怪胎？」

4

人類的社會文明常讓我想起生物的演化。諾貝爾獎得主勞倫茲博士觀察雁鵝的生活形態，發現雄雁鵝為了吸引雌雁鵝，不斷地去練習自己的翅膀，使翅膀變得鮮艷、厚重。只有鮮艷翅膀的雄雁鵝娶得到老婆。代代相傳的結果，雁鵝變成了鮮艷並且笨重的動物，牠們再也不能輕盈地飛翔、捕獵，反而因為身上的色彩，失去了掩護色，變成了演化上的劣勢族群。

雁鵝的翅膀常常讓我想起婚姻。有兩大相似點：

一、雄性看起來很威猛，擁有主動。可是事實上是雌性的喜好決定了演化的方向：白話一點的說法，就像有些女人曾經對我很驕傲地說過：

「如果沒有女人，你們男人奮鬥還有什麼意義？」

或者在我大學時代的訓導主任也有一句名言，他說：

「一個學校風氣之好壞女生最重要。女生如果三八，男生就會變壞。」

二、同類競爭中的勝利，並不一定是生存上的優勢：

因此一個男人在求偶的過程中獲得了勝利，他開始進入婚姻，直到有一天他發現自己已經退化到無法獨立找到衣服、褲襪為止。

我有一個男性朋友，結婚了幾年，吵吵架，鬧一些情緒低潮，決定良性離家出走。他一個人開著跑車到高速公路上飆車，雖然每天打電話回家給老婆，但並不告訴她人在何處，也不告訴她什麼時候回家。太太的心情更差，天天到百貨公司報到，拿副卡刷卡買東西。金額之高，驚動了經理，派專人打包送貨，開車接送，禮遇有加。

連續刷了三天，局勢逆轉，這個飆車的老公再是好漢一條也只好乖乖回家了。

「離家出走就出走，幹嘛去飆車？」在淡水河邊的MEN'S TALK我問他。

他意味深遠地笑了笑，告訴我：

「想起了我也曾經是一隻野雁鵝，想去做一些野雁鵝才會做的瘋狂事。」

「才三天就撐不住了？」我想起他風風雨雨的過去，什麼大風大浪沒見過。

「飛不動了！」他很沉痛地拍我的肩膀，「真的是飛不起來了，唉，男人……」

他的反應讓我想起許多步入中年的男性朋友共同的心聲。

「不曉得為什麼，人愈老愈戀家。從前喜歡到處旅行，認識新朋友，過冒險的生活。現在東西是舊的順手，朋友是老的愉快，至於旅行，玩不到一個禮拜已經開始懷念起家裡的舒適了。」

男人愈老，事情看多了，愈從環境退縮。最嚴重的結果可能就是宋朝朱敦儒說的：

「老來可喜，是歷遍人間，諳知物外；飽來覓睡，睡醒逢場作戲。」

變成了一隻快樂知足又愛睡覺的老雁鵝。

女人老了正好相反。她們從相夫教子中解脫出來，正開始享受生命中最美好的自我。我在日本看到的國民旅遊有很多旅行團清一色都是中年婦女，蹦蹦跳跳，活潑得不得了，全團找不到一個男人。

「我們出來旅遊就是要玩得快樂，當然不要服侍男人。」一個日本女人這樣告訴我。

她們吱吱喳喳地討論，最後作出理直氣壯的結論是：男人愈老愈離不開女人，而女人卻愈來愈不需要男人。

5

「這麼說，你是非常非常地愛我了？」親愛的老婆眼中閃爍出慧黠的光芒。

我點點頭。先別高興，還沒有結束。依照慣例，會出現更有深度，更刁鑽的問題。

「那我問你，你到底是愛我，還是愛我們的婚姻？」

「兩者都愛啊！」

「萬一不能得兼呢？」

「這是什麼問題？」我的媽呀。

「我是說，如果你像現在這麼愛我，但是你卻娶了別人，那你會不會背叛婚姻，偷偷來跟我約會？」

「我好痛苦。」我做出電視劇裡那些男主角的表情，「妳到底又看了哪部連續劇的劇情，考我這種荒謬的問題。」

「你不要說荒謬，在現實生活發生的往往都是荒謬的事。」
「那如果我偷偷地跑出來跟妳約會呢？」
「那表示基本上你並不重視婚姻。」
「那如果我不理妳呢？」
「表示你根本不夠愛我，我要的愛是超乎一切世俗道德標準的。」
「我的天啊，」我搗著頭，「我不能抉擇，我好痛苦……」
看來親愛的老婆總算有點滿意了，她追著我要打，嘴裡喊著：
「你不要賴皮，你選擇什麼？快說……」

6

是的，七年之癢……是隻貓咪躡著腳，無聲無息悄悄地來到你的身邊。像慢性皮膚炎一樣，隨著時間過往，不斷提醒你，你曾經是一隻野雁鵝。並且愈抓愈癢。

甚至關於七年之癢的辯論也永遠淺顯、有趣，但又沒有什麼結論。但這些瑣瑣碎碎的片段，就像婚姻本身一樣，實在是人生最嚴肅的課題。

我在星期日的陽光下翻開《親愛的老婆1》裡，〈爸爸的產後憂鬱症〉那篇：

一個未婚的男人，他是動物，到處走動，飢餓地覓食。他的姿態優雅，目光銳利。他充滿了魅力，等待著吸引，展現實力。

一個結了婚的男人，他是植物，不再有走動的自由。只能在固定的地方，吸收陽光、空氣、水分。

一個有了孩子的男人，是完全的礦物。只能深深地把自己埋進地底，變成養分，化作春泥更護花。

讀著讀著又讓自己的話嚇了一跳。

婚姻未必是一個進化正確的方向，有人走進去，也有人走出來。有人心悅誠服，也有人嘲譏有加。但不管如何，生命有它自身的嚴肅，不可能重來。命運也有其公平的地方。基本上，一隻習慣了婚姻生活的雄雁鵝，不願意臣服於自己選擇的命運之下，想重新嘗試野雁鵝的生活，在優勝劣敗的野生環境中是極度危險的。

陽光迤邐地灑進室內，趁著親愛的老婆上菜市場時，兒子和我躡手躡腳弄了一大捧瑪格麗特花，準備策劃一場不甚高明的驚喜。

「爸爸，為什麼要買花？你平常很少買。」兒子大惑不解。

「因為要買花送給媽媽。」

「是不是要慶祝什麼？」他滿臉疑惑。

「沒有要慶祝什麼。因為爸爸很愛你們，你們也很愛爸爸，所以很開心。」

「這樣也要慶祝？」兒子露出不以為然的早熟表情。

在兒子的世界裡，人和人本來就會相愛。彷彿那是天經地義的事情，沒什麼好大驚小怪。

我打開包裝的報紙，散落出不同的各種鮮花泡在水裡。兒子本來就愛湊熱鬧，興致地拿了剪刀給我。我就在兒子又專業又嘮叨的批評中，完成了得意的盆插最新力作。我們合力把花瓶搬到窗口。陽光疏疏落落地映進窗戶，整個屋子便斑駁地透著亮麗的色彩與氣氛。

是的，七年之癢……現在我可有些笑容，不再那麼「反應過度」了。我想起了無數我們聽來關於人與人之間背叛的故事，連續劇裡不愉快的劇情，以及我們之間瑣碎又重複的對白。眼看七年就過去了，不是嗎？

好像可以聽到時間滴答滴答響那般的緊迫，不久我們就聽到熟悉的敲門聲，篤。篤。篤……

「維維開門，媽媽回來了。」

篤。篤。篤……兒子一馬當先跑去應門。

就那一剎那，我彷彿聽到有人正朗誦著林泠那首〈阡陌〉：

當一片羽毛落下，啊，那時

我們都希望——假如幸福也像一隻白鳥——

它曾悄悄下落。是的，我們希望

縱然它們是長著翅膀……

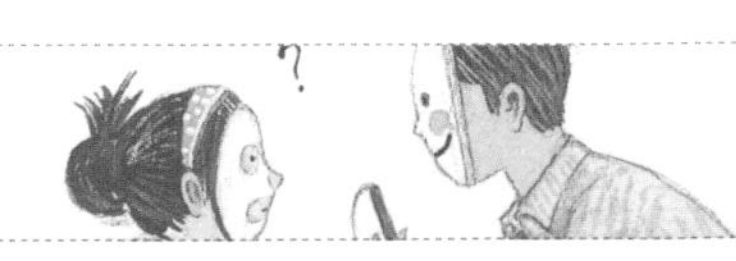

聽說侯文詠離婚了

1

很久以前，雅麗的診所遭了小偷。小偷沒偷到錢，一氣之下在診所縱火。

警察來了，很仔細地問清楚筆錄，整個案發經過，以及財物損失。

過了不久，有個看來比較資深的警察把我叫到一旁去。

「侯先生，我想私下問你幾個問題，請你不要介意。純粹是私下的問題。」

在我欣然同意後，這位警官燃起一根菸，便開始問了。

「你是否和別人有什麼恩怨，或者是欠債無法償清？」

我很肯定地搖了搖頭。

「看起來應該也不像。」他繼續又問，「你跟太太之間感情好不好？」

我點點頭。

他停了一下。

「你是否曾經和別的女性有過感情糾紛？」

我又搖搖頭。

「這樣子，我把話說明白一點，為了了解案情，我們之間純粹是男人對男人的對話，你懂嗎？」他吐出一口煙，把身體貼近我，「你再想仔細一點，有沒有？」

我搖搖頭。同時看到警察滿臉疑惑同時又有點失望的表情。

「我舉例說明，也許能幫助你想得更清楚一點。好比說，是你太太診所的女醫師？」

搖頭。

「或者是之前離職的護士小姐？」

搖頭。

「或者是你在醫學院教書的女學生？」

搖頭。我已經搖得有點不耐煩了，於是問他：

「你們怎麼都往最壞的方向去想？」

警察很自制地停了一下，抱歉地笑著。他把菸蒂捻熄，丟到垃圾桶，然後把手勾到我的肩膀上來。

「你是醫師吧？」他深深吐了一口氣。

我點頭。

「你知道，醫師和警察都是很接近的行業。」

很接近？

「我告訴你一件事。上次我生病到你們醫院去看病，只不過是咳嗽、發燒小感冒，你們的醫生卻要我去照X光片、抽血。他懷疑我是不是得了肺癌？這很重要，我們都往最壞的方向去想，對不對？」

2

「有沒有？你和別人有沒有什麼感情糾紛，你老實說，沒關係。」雅麗學警察口氣對付我。

她把這件事當作有趣的事去說給別人聽。

我記得就在這件事還餘溫尚存之際，有一天，忽然有個朋友緊張兮兮地打電話來：

「不得了，聽說你們離婚了。」

「我們離婚了，」我可迷糊了，「我自己怎麼不知道？」

「哎呀，我到處都聽說你們離婚了，你自己還不知道？」

「我被你弄得莫名其妙。」

「你還莫名其妙，我替你緊張死了。」

「有什麼好緊張的？」我問。

「你在《親愛的老婆》書上寫得甜甜蜜蜜的，現在說要離婚，讀者都要把書丟到垃圾桶去，恨不得把你打扁，你還問我有什麼好緊張的？」

「喔。」我還是半信半疑地，「真的到處有人說我們離婚了嗎？」

「你自己去打聽打聽不就知道了嗎？」

掛上電話，我仍一頭霧水，更加迷惑了。

為了證實他說的話，我去問每個自認是和我有點交情的朋友：

「你知不知道我離婚的事？」

十之八九的反應都是反問：「真的啊？」

等我澄清之後，每個人都用很奇怪的眼神看我：

「為什麼你總是問別人只有你自己知道答案的問題？」

有個朋友甚至還把手放在我的額頭上，看我是不是發燒或者怎麼了。

天下本無事，庸人自擾之。這是雅麗的結論。

連同警察的事，這又變成了她有趣的故事可以去說。這是她嫁給我的重要原因之一：她的老公總是創造一些笑話。

她安慰我不要氣餒。因為我總是做傻事，表現得恰如其分。為了讓我了解她的意思，雅麗還舉證了老萊子的故事，說明做傻事有時候是一件好事。

3

過沒幾天，雅麗忽然用很嚴肅的表情跑來對我說：

「不得了了。」

「怎麼了？」我問。

「他們都說我們離婚了。」

「我不是告訴過妳了嗎？」

「那不一樣。」

「有什麼不一樣？」我問。

「這一次是我自己聽到的。」

自己聽到的？我可又好氣又好笑了。

「請問一下，如果是我說的話，妳的『自己』常常，總是沒有或是等於沒有聽到對不對？」我恍然大悟。

「可是，好像愈來愈多人在說這件事情……」

「我去問別人，妳還笑我。」我提醒雅麗。

她仍在喃喃自語。完全正確，她一點沒有聽見我在說什麼。

「也許我們該去問問是不是真的有很多人聽到這件事。」

我必須強忍，做出嚴肅的表情，表現讚歎這個提議的模樣，以免當場爆笑。

我想起小時候鄰居有一個小朋友，被椅子夾到竟然沒什麼反應。他從椅子下慢條斯理地爬起來。他的神經傳遞得很慢。一、二、三、四、五……

「哇！」他走了四、五步，才抱腳跳起來哇哇地叫痛。

「你在想什麼？」雅麗終於回過神來，注意到我的存在了。

我記得電視上有個補藥酒廣告，裡面一個留著大鬍子的男人說：

「男人家庭要幸福沒有別的秘訣：事業要打拚，身體要強壯。」

他一邊說著有個嬌滴滴的老婆依過來說：

「老公，我幫你放好洗澡水了。」

在我的感覺裡，我常常覺得我是那個放洗澡水的男人，對著老婆說：

「老婆，我幫妳放好洗澡水了。」

然後那個男人轉過來面對鏡頭說：

「男人家庭要幸福沒有別的秘訣：事業要打拚，凡事要柔順。」

「你在發什麼愣？」雅麗又問我。

「沒什麼。」面對親愛的老婆毫無知覺地重複她曾譏笑過我的傻事，我以最誠懇的表情說：「我在想，妳的提議真的是太英明了。」

4

「一定是你在《親愛的老婆》裡把婚姻寫得太完美了。你知道破壞完美或者典型是這個時代的特色？」說話的是學社會科學的朋友。

「這本書純粹是個人婚姻生活的故事，怎麼可能完美？很多女權主義者已經把它罵個半死，說是書裡面兩性還不夠平等，連我個人都有待改善，更不用說是什麼典範了。」我表示。

聽了這麼多對談，我必須及時打斷。如果你以為我們正轟轟烈烈地召開文學討論大會，那你就錯了。大部分這樣的討論是關於「侯文詠離婚了」消息的一些意見，大家給我一些自省的機會，告訴我可能做錯了什麼事，所以會產生這樣的謠言。

如同你所看到，我們幾乎沒達成什麼建設性的共識或結論。

有愈來愈多的親朋好友，用一種我生平僅見神秘兮兮的表情，偷偷地來詢問這件事。每次委婉解釋之後，我都認真地追查消息的來源。不管我怎麼努力追查，最後都追到同樣的上游來源。每次都是同一個人——那個人的名字叫做「聽」。

「聽」說侯文詠離婚了。

每次都是「聽」說的。還有人在公開的場合說，不過也是「聽」說的。他們還叫別人聽了不要再說。

最荒謬的是，我們的朋友聽了謠言，路見不平，拔刀相助，她對別人表示她親眼看見侯文詠接老婆下班回家，因此不可能離婚，請她們不要輕易聽信謠言。

「無風不起浪，妳不要太天真，」她們告訴她，「他們這些有名氣的人都很愛面子，禁不起緋聞，他們就算是離婚了，也要做做樣子。」

不斷有一些新的傳言傳進來，這些傳言的劇情愈來愈豐富，證據愈來愈確鑿，大有讓我無可脫逃於天地之間的氣勢。

我的研究助理是個可愛的女孩子，差點要對我提出辭呈。因為有許多人跑去實驗室看她。

我搞清楚了最新版本故事的發展是：侯文詠和他的助理發生了外遇關係，所以離婚了。

我必須鄭重向我的研究助理道歉：

「很不好意思，委屈妳了。」

她的其他同事替她叫屈，表示：

「看看也就算了，還品頭論足的，害她每天來實驗室都要化妝打扮，不敢隨便亂穿。」

5

我們還從一個清晨去跳土風舞的媽媽口中聽來，故事的情節又有了新的發展：

原來侯文詠的老婆得了絕症，同時他又和助理發生了外遇關係，因此協議離婚了。看來這個故事還很有得接力。

在報社工作的朋友建議我們來個賢伉儷專訪，附上巨大照片一幅，以示鶼鰈情深。我對這個提議敬謝不敏。年底立委選舉在即，這種做法總讓我想起競選期間的柯林頓與希拉蕊，分居又復合的明星偶像，或者是仕途得意的高官政要……

還有人建議我們，常常攜手在公開場合露面，做親密狀……

「親密狀應該是在家裡做的，不是在公開場合……」雅麗不表同意。

學法律的朋友建議我們，揪出公開傳播謠言的人與證據，正式地提出告訴，如此必然有個黑白分明的交代。同時還有人好心地要替我們搜集錄音、拷貝等等。

雅麗和我可同時都搖頭了。

如此，我們每次再三思考所得到的結論仍舊是思考再三，沒有什麼實際的行動。

我們所感受到的情勢似乎不斷在擴大，我不明白為什麼會這樣。

包括我的岳父、岳母大人遠從南部聽到這個消息，也打電話上來關切。

「爸、媽，我們很好，請你們不要擔心。」雅麗在電話中解釋半天，「你們放心，萬一我們離婚了，一定第一個讓你們知道，絕不會瞞著你們。」

放下電話，雅麗問我：

「你知道爸媽怎麼說嗎？」

我搖頭。

「他們很安慰。不過他們說，今後不管發生了什麼事，只要我們開開心心的，他們都能接受，我們沒有必要瞞著他們。他們會為我們祝福的。」

6

有個好心的朋友幫我從電腦通訊網路ＢＢＳ裡的討論區拷貝來一堆資料，全部都是關於侯文詠離婚了的意見討論：

有人聽說我離婚了。

接著有另一個人附和，表示也聽過這個消息。

有人半信半疑，但覺得無風不起浪。

有人覺得如果真的離婚了，那太不應該了，在《親愛的老婆》寫得這樣，做的卻是那樣……

有人覺得如果那是真的，那麼幻夢破滅，現實太殘酷了。

有人提醒大家，寫的說的容易，做的困難。

有人表示從此不再看侯文詠的書了。

有人希望有人出來證實這個消息的真假……

有人呼籲這不過是宣傳的手法，請大家不要上當。

有人覺得書的好壞與作者的道德是兩回事。

有人大罵上述的看法，覺得他一定沒讀過《親愛的老婆》，否則一定不會這樣說……

有人覺得世界上不可能有美好的婚姻，侯文詠可惡的地方在於叫人相信婚姻可能美好，然後又一手摧毀那個美麗的夢……

有人慶幸自己差點要答應男朋友的求婚了，如果婚姻是這麼可怕，她要重新考慮……

有人不以為然地表示，人本來就是會改變，當初那個寫《親愛的老婆》的侯文詠絕對是誠心誠意的，只是現在離婚了的侯文詠已經不是原來那個侯文詠了……

有人呼籲，如果侯文詠拿《親愛的老婆》來騙錢，那就應該抵制他所有的書，不應該讓他騙到一毛錢。

……

儘管我自認場面見過不少，不過這是我第一次在同一個時間，看到那麼多的人毫無保留地談論這件事，的確有些震驚。

那一疊印表紙很長，從書房一直攤到客廳，越過沙發，又拉回臥房。我把印表紙一張一張摺回來，仔細地收在抽屜裡。

我想，這些資料沒有必要給雅麗看到。

7

有一天，我從醫院下班回家。一打開門就看到那疊印表紙像一條長蛇一樣從客廳蜿蜒開來。我沿著印表紙，繞過客廳、沙發，走進臥房。

雅麗就坐在那一群紙蛇之間，很認真地閱讀著每段字句。

我走過去她的身旁，坐下來抱著她。

她側過身來看我，淡淡地問我：

「全世界彷彿只剩下我們兩個人還相信我們彼此相愛著。」

「那就很足夠了，不是嗎？」我給她一個輕吻。

雅麗笑了笑，對我說：

「很好笑，我們並沒有什麼損失，可是卻這麼煩惱。你知道嗎？有那麼多人關心我們，擔心我們不快樂。我在想，我們平時都沒有感受到這些關心。換個角度我們應該感到心滿意足，去珍惜這些我們擁有的關心與人物才對。就像爸媽說的，不管如何，其實只要我們開開心心，關心我們的人也就放心了，不是嗎？」

「說得也是。」

「至於有些我們不相識的人，其實也難怪，你看有辛普森殺妻、休葛蘭嫖妓、誰誰又鬧婚變，我們的時代感情這麼動盪，大家好像也滿習慣那些不美好的事……」

那些不美好的事……

抱著雅麗，我們兩人同時都沉默了好久。

那是很美好的時刻。那一刻，我忽然覺得應該感謝這整件事，讓我能夠擁有那麼值得珍惜的時刻。

「我問你，」雅麗先開口了，「如果我們真的離婚了，你要做什麼？」

很有趣的問題，我竟然從來沒有想過。

「我不想再結婚了。」我想了一下。

「為什麼？」

「婚姻給了我很多美好，可是我實在付出太多的心力了。我覺得人生是公平的，收穫永遠必須付出。如果有一天我真的與妳離婚了，我想我再也付不起一次心力去獲得。我也許會選擇另一種生活方式。」

雅麗想了一下。

「如果真的如此，你不再愛我了，要和我離婚，你一定要直接讓我知道，好不好？」她問。

「換成是妳呢？」我反問。

「如果我不再愛你了，我一定不會瞞著你。我希望你也同樣對待我，讓我是第一個人知道。我不要聽傳言，或是謠言知道。」

「為什麼？」

「因為你不只是我的丈夫。」

「喔？」

「你還是我最好的朋友。」

8

仍然不斷有朋友用直接或是間接的方式來關切或求證我的困境。我都一一澄清，並衷心感謝所有的關心。

在牙醫師公會團體裡，也有一些牙醫師認為因為侯文詠的老婆診所經營太好了，事業心太強，沒有時間照顧老公，所以才會發生了這樣的悲劇。所以要所有事業心太強的女人引以為戒。

還有一些別的族群，也分別從他們編織的故事裡，得到一些滿意的結論與教訓。現在我們開始有一些有趣的心情去看待這件事了。我們不再避諱和朋友說說笑笑，開開自己的玩笑，甚至期待劇情的發展，或者是不同的結論。

「我跟你提過我第一次寫信的經驗嗎？」雅麗問我。

我搖頭。

「我小時候曾經收到一封信，因為小孩子難得收到信件，我非常興奮地打開來看，那封信真的是寄給我的。它要我把原信的內容重新抄寫，寄給五個我最要好的朋友，否則我就會受到魔鬼的懲罰。如果我照著指示做了，很快就會有意想不到的好運落到我的頭上。」

「結果呢？」我想起小時候也經歷過這樣的事。

「我只好照做了。可是不但沒有什麼好運，奇怪的信件愈來愈多。我嚇得都快哭出來了。」

「那妳怎麼辦？」

「我覺得不能再這樣下去，一定要停止。因此我下定決心不再寫了。我停止寄信以後，害怕得不得了，我覺得魔鬼一定會來處罰我，天天在家裡等死。」

「後來呢？」

「後來寄給我的信愈來愈少，我也沒有死掉，現在想起來很好笑。」

「是啊！」我附和著，「很好笑……」

有個熱心的朋友，好心地在BBS網路上公佈標準答案，澄清這件事的真相。不管大家相信與否，或者那是不是另一個謠言，網路上的熱絡，頓時平息了好一陣子。

「其實有一些新鮮的故事聽也滿好玩的。」我竟聽到好幾個朋友同時對我感歎那種悵然若失的感覺……

9

當然仍不免還有大大小小一些新的謠言版本，以及持續的故事發展。

最近又有警察先生來我們家裡清查戶口。

那是和來查縱火時不同的另一位警察先生。他看著戶口名簿，簡單盤查之後簽名蓋章。

他把我叫到一旁去，很客氣地問：

「對不起，我想請教個很私人的問題。」

「請說。」又是私人的問題。

「聽說你離婚了？」他壓低了聲音。

「戶口名簿上不是寫得很清楚嗎？」我詫異地問。

他笑了笑。「剛剛裡面那位真的是你的太太？」

我正準備回答問題，卻看見雅麗走了過來，她用一種理直氣壯的表情回答：

「是的，我就是他的太太！」

事情發展至此，我總算開始有些得意了。
是的，我就是他的太太。
我從來沒有一刻，看見她像現在一樣，對這件事情感到如此驕傲。

鑽石與鐵鏽

1

有一次，不經意翻到一張自己學生時代的照片。那張照片的模樣，不管是造型或者服裝看起來都很笨拙，可是表情裡卻充滿著一股自信滿滿的傲氣。我想起那個男孩子談了幾次戀愛，常常被提出分手，老是義憤填膺地覺得天下的女孩子都瞎了眼睛……

世事好像都是如此，儘管每一幕你都記得清清楚楚，可是連串起來你不明白它的意思。過了很久，經歷了很多事以後，忽然懂了。原來所有的事為什麼這樣、或者是那樣，都有個道理。

我第一次被提出分手的時候，並不曉得那就叫做分手。我送一個女孩回她的住處。

「我們下次什麼時候再一起去看電影吧？」我問。

「我可能要準備考試，會很忙。」

「那妳什麼時候考完試？」

「我們一直都會考試，考個不停的。」

我一直覺得那樣的考試像下雨似地，並且把分手的原因歸咎於她們科系的課業壓力太重。直到後來我認識一個女孩子蹺課陪男朋友去看電影，另一個女孩休學陪男朋友出國去找尋自我，還有一個女孩子為了約會，跟老師請假，活生生讓她的祖母死了三次。可惜她們都不是我的女朋友。

後來我認識另一個女孩子，那時候醫學院的課業壓力很重。我們一起去圖書館唸書，唸了一天下來，她一本正經地問我：

「你為什麼坐下來能唸那麼久的書？」

「沒為什麼，因為唸不完，所以我必須坐著繼續唸下去。」

「你是說，你每次考試都要唸那麼久的書？」她不敢置信的表情。

我搖搖頭。「比妳想像的還要久。」

可能我所謂的「上圖書館唸書」和她想的那種比較浪漫的「上圖書館唸書」不太一樣，之後我們沒再一起唸過書。非但如此，在我考試期間，她老是和別的男孩子一起去旅行。她還會寫信給我實況轉播：

「他人很好，並且熟讀台灣通史，一路上告訴我許多歷史故事。」

還有一次考完試，我收到她寄來的包裹，拆開來看，赫然是一支網球拍。這次她認識的是個網球教練，信裡面寫的都是關於溫布頓網球賽的消息。

等到又有一次考試結束，她好心地要介紹新認識的男孩子教我「打坐」，好讓我「恢復疲勞」時，我可真的不知所措了。

最叫人難過的是分手函（Dear John Letter）。

「如果你感受到了我的若即若離，那是因為無法承受你對我的真情。你要了解，對一個注定孤獨的人，真情像是火焰那麼地灼痛。」

那是一個胖胖的女孩寫的，她要我安靜地離開她。我們共同參加一個長達三天的研習營，被分派共用桌椅。我不明白事情為什麼會變成那樣，我敢對天發誓，我從來不曾對她動過任何念頭。

2

往事回想起來並非全都甜蜜，有時候竟然是驚心動魄。

我和雅麗也曾經歷過一次分手，那是在我們交往後一年左右。

「妳一定是開玩笑，我們相處得很愉快。」

那時暑假剛結束，學生都回到學校裡來。我們騎著摩托車正要去兜風，雅麗卻提出了分手的要求。

「我想了一個暑假，」雅麗坐在後座，「覺得我們並不合適，所以決定趁我還能拒絕你時，跟你提出分手。」

我把摩托車開出了校園，接著是很久的沉默。除了摩托車的引擎外，我聽不到別的聲音。我有點難過了，不是一段音樂，也不是一些浪漫的什麼。

「我必須承認，我對你情感愈陷愈深。可是你和我心目中理想的對象完全不同。」

「為什麼？」

「你有很多缺點。」

風吹得我的夾克脹得鼓鼓的。藍天、綠樹從我們身後流動了過去。空氣裡充滿著節慶的氣息，台北街頭的秋意才正開始。

不曉得為什麼，我決定把摩托車駛往新店的山區。

我們的摩托車不知走了多久。

「當然，這並不是最重要的。首先，」雅麗告訴我，「你不夠高，也不夠帥，和我過去幻想的完全不一樣。」

我故作鎮定，表示很能理解。

「還有呢？」摩托車行駛在爬坡的山路，似乎有些吃力。

「還有，你很不穩重。老是亂說話，做一些蠢事。」

我沉痛地又點點頭。

也許山路太崎嶇，或者是我的摩托車太過老舊，我聽到引擎運轉不順，很嚴重地咳嗽了幾聲。不過雅麗顯然並沒有注意到引擎的問題。

「還有，我一直希望我的對象比我年長一些，能包容我、體恤我，不像你老是跟我爭辯。」

摩托車又咳了幾聲，我不知道是否還能承受。況且我的情況也比摩托車好不到哪裡去。

「醫學院那麼競爭，你不夠用功讀書，我的朋友都不看好你在醫學界的前途。」

碰碰——，可是現在不只是咳嗽了。

「你在家裡又是長子，負的責任最重……」

碰——。摩托車又發出巨大的聲響。

「還有……」

碰！

我驚慌地猛加油門，不加油還好，一加油摩托車直像嚥了氣似地。啪——啪——啪——最後終於完全停下來了。

「咦？」雅麗總算覺得不妙，她緊張地問，「是不是我傷害你了？」

「不是。」我指著摩托車。

我請雅麗從後座下來，試著重新發動引擎。眼看天色愈來愈陰霾，烏雲密佈，大有山雨欲來之勢。

「現在我們該怎麼辦？」雅麗問。

四下颳起一陣風，把及肩的芒草吹得一波疊著一波。觸目所及，毫無人跡。天地之間，秋意蕭瑟。我試著發動引擎，仍然失敗。

「怎麼辦？」雅麗又問。

無論我如何踩踏，都無法發動引擎。

「我要回家。」雅麗表示。

「我明白，」我點點頭，「我也想回家，可是妳能不能先幫我推車？」

「推車？」雅麗睜大了眼睛，幾乎不敢相信她聽到的話，「我是來和你分手的。」

「我知道，」我一臉無辜的表情，「可是眼看就要下大雨了，可不可以先推車……」

我們推著摩托車跑了大約兩、三百公尺，引擎仍然沒有發動。果然山雨以迅雷不及掩耳之勢落了下來。我們上氣不接下氣，身上雨水雜著汗水，一點辦法都沒有。只好放棄摩托車，狼狽不堪地躲到山崖邊。

好像全世界的雨都落了下來似地。我們並肩坐著，看著大雨滂沱一片，一句話都說不出來。

「我是來跟你分手的，現在變成了這個樣子。」雅麗口裡唸唸有辭。

眼看雨勢愈來愈大，我的眼鏡一片霧氣。我拉起袖角試著去擦拭眼鏡，發現連衣服也濕透了。

有一陣子，我們的摩托車就在雨中淋著雨，雨水打在坐墊上，沿著車身滑落了下來。

我們靜靜地坐著，彷彿這陣雨永遠不會停下來似地。

「我知道我有很多缺點，事實上還有很多缺點妳都沒說出來……」我停了一下，「我只想知道，妳真的很堅持分手嗎？」

「我也不知道。」雅麗搖搖頭，「說真的，我很喜歡和你在一起的時光，可是，……我很捨不得……我自己也覺得這樣很矛盾。」

風打落攀附在芒草上的水滴，一陣一陣濺灑過來。我的眼鏡充滿了大大小小的雨珠，霧濛濛一片。我可以感受到有些雨滴匯聚在一起，沿著我的頸項流了下來。

「其實妳不需要徵求我同意的，」我淡淡地表示，「我只是在想，也許妳應該再花一點時間弄清楚。」

雅麗沒再說什麼，似乎掉入自己沉思的世界，忘了我的存在。等到雨稍小了一些時，她忽然問我：

「我一定也不是你心目中最理想的對象，對不對？世界上沒有那麼完美的事。」

「不對，」我詭異地笑了笑，一臉正經地說：「妳是我最完美的情人。我做夢都不敢相信世界上有這麼完美的典型，妳遠遠超越我最美的夢想。」

「聽起來肉麻兮兮的。」

雨似乎又小了一些，我總算看到雅麗臉上開始有了一點笑容。

我們不再多說什麼。依照後來我的說法是我很慷慨地再給她一個機會。

等雨完全停下來時，我把被雨淋得差不多的摩托車擦拭乾淨，試著再重新發動。信不信由你，我輕輕一踩，引擎竟然動了起來。

3

在認識雅麗之前，也曾有過一些愛戀的感覺是深刻的。而對很多人而言，這些愛戀的分手是如此地刻骨銘心。

婚後，我與雅麗和婚前的女朋友吃過飯，也曾和她之前的男朋友一起吃過飯。我們愉快地談著餐飲、生活瑣事，招呼對方的先生或太太，忙著處理哭鬧的孩子。才幾年之前，記憶還是那麼清晰，當時分手時並不是這樣的。人生有時候就是這樣，來不及讓你細細咀嚼就過去了。吳伯雄先生說過：

「有一天醒來，發現自己身旁睡著一個老太婆，嚇了一跳。後來才想起原來自己已經是老公公了。」

我記得什麼時候我還是那個意氣風發的少年，是那個風中分手揚言不再寫詩的男子，莫名其妙變成了人家的丈夫，又變成了人家的爸爸。

而現在過往那些事情在餐桌上一一浮現，很難分辨過去是夢，現在是夢，或者一切都只是一場夢。

我想起一個朋友，也是這樣，千里迢迢到了美國，受了人家招待，和對方的先生變成了好朋友，總算開開心心回來。

「看到他們活得高高興興的，覺得很好。」

彷彿這樣，很多年前那些爭吵、掙扎、痛苦，可以有個結束，生命以及一切都可以重新開始。

「離開的時候真的很想問她過得幸福不幸福？像從前那樣，話掛在嘴邊，終於還是沒有說出來，」我的朋友表示，「覺得那樣不適當。我們像普通朋友一樣道別，畢竟已經足夠了。」

我想起瓊．貝茲（Joan Baez）的歌〈鑽石與鐵鏽〉（Diamond and Rust）：

眞該死，又是你的鬼魂來了。

我知道這對我並非不尋常，可是在這個滿月的夜，你卻打了電話給我。

而我就坐在電話前，聽著幾年前熟悉的那個聲音，掉入一片迷惘中。

我想起了你那比知更鳥蛋更藍的眼睛，以及你說過我詩寫得很爛的事。

你從哪裡打電話來呢？在中西部的一個電話亭。

我記起了十年前我曾買了袖釦給你，你也送我一些東西。

可是我們彼此都很清楚，回憶能給我們些什麼。

回憶給我們的是鑽石與鐵鏽……

鑽石與鐵鏽，是啊，那些最珍貴，也是最一無用處的……

仍然是同樣的餐廳，同樣喧嚷的氣氛，我們就那樣平常而愉快地一起吃著飯，談一些生活瑣事。

聚餐後，我們抱著孩子，在長廊前準備分手。雅麗則走在後面與她的先生聊天。

「最近還好嗎？」她問。

「嗯，」我點點頭，「妳呢？」

她沒說什麼，過了一會又問：

「還常咳嗽嗎？」

「戒菸了。」

陽光亮晃晃的，而我們不再說什麼。我把這千萬人經歷過的情感，重新再溫習一遍。也許像我的朋友所說的，再多說些什麼都不適當。

「跟阿姨說再見。」我拉著孩子的手，「Bye-Bye。」

「Bye-Bye。」孩子得意地說著他剛學會的語言。

風淡淡地吹了過去。我那麼清楚地感受到有些什麼隨著風輕輕地飄遠了。

直到所有的人都到齊。

「那麼，以後有機會大家再見面。」

「再見。」

我握著雅麗的手，一手抱著孩子和他們說再見。每個人也都彼此揮手道再見。午後的台北街道，我想起了瓊・貝茲的歌。而人生的滋味似乎遠超過那些美麗的歌詞，說不清楚了。

就在孩子們興奮而清脆的「Bye-Bye」聲中，我們再度分手。

4

我和雅麗很少唱歌。因此那個唱歌的晚上，讓我們記憶深刻。

我記得那個晚上是我先開始唱歌的。

「台灣的西瓜，真正好喲，綠油油的皮喲，黃澄澄的心喲……」

雅麗很驚訝地問：

「怎麼會有這種歌？」

「我也不曉得，」我牽著她的手，「小時候我參加合唱團，老師教我們的。」

「你們的合唱團呢？」

「老師教了一個月，學校沒有經費，就解散了。所以我只學會了那首歌，」我停了一下，「很可惜，老師本來還要教樂理，培養我們音感，分辨音階。現在我什麼都不會。」

「我小時候也是合唱團，」雅麗表示，「老師還說我很有天賦呢。」

「喔？」

「後來媽媽說會影響功課，就讓我退出了。」

「嗯。好像人難免會有一些失落。」

雅麗笑了笑，不說什麼。她逕自唱起歌來：

「讓我們向那山谷滑落，你是那夏天回首的海涼。翡翠色的一方手帕，帶著白色的花邊。手帕繡幾朵白雲，再繡六條捕魚船，你是冬季遙遠的山色……」

「那是什麼歌？很好聽。」我問。

「楊牧的〈帶你回花蓮〉（編註）。」雅麗點點頭。

「教我。」

於是整個晚上，我們手牽著手，從小學音樂課本的歌、愛國歌曲、連續劇的主題曲、布袋戲的主題曲、七〇年代電視上的靡靡之音、台語歌謠到校園民歌、英文歌曲，都被我們唱遍了。

那是夏夜沁涼的晚上，好風輕輕地吹著，印象那麼地深刻，連風吹在皮膚上的感覺都還記得。我們一直唱歌，直到很晚。

「我們小時候竟然都唱著相同的歌。」雅麗表示。

「也許那時候我們曾經面對面交錯而過，彼此並不相識，分手了。我們曾經唱著相同的歌，那麼快樂無牽掛地分手了，多麼不可思議啊。」

或許是勾起她心裡一些什麼吧，雅麗停了一下，想了想對我說：

「你明天入伍，我不去送你了。」

「嗯。」我點點頭。

「這次離開，雲淡風輕，我不去送你。等你回來的時候，再大的風雨我都會去接你。好嗎？」

兩年後的一個夏天，我坐著快樂公主號從澎湖退伍回來。船才駛入安平港，遠遠地我就看見雅麗以及我的家人站在碼頭上對我揮手。

在我和雅麗交往的過程中，雅麗是屬於那種超級理智派，不像我，老是作興講一些噁心的蠢話。那次卻是個例外。

我們牽著手走在碼頭上，雅麗對我說：

「沒有什麼能把我們分開。」

我好得意，頂著陽光迎著風，抬頭挺胸地走著，還故意問她：

「什麼？」

「沒有什麼能把我們分開。」她果然再說了一遍。

5

瓊．貝茲的那首〈鑽石與鐵鏽〉，唱到結尾時：

是的，我愛著你，

如果你曾給我的是鑽石與鐵鏽，

我已經爲它付出過代價了。

每當我聽到這首歌曲，總會習慣性地問雅麗：

「當年妳怎麼沒有狠心跟我分手？」

「我跟你說過了，捨不得。」

「看我當年那副模樣，」我指著照片，「別人捨得，為什麼妳捨不得呢？」

「你啊，是我在垃圾桶撿起來的，髒兮兮的，仔細擦一擦，發現是塊寶貝。」

我想起我曾遇到一個女人，自稱從前是父親的女友，她說：

「他很孝順。那時候和我分手，聽他母親的話回去娶了一個小學老師。」

那個女人年紀也大了，可是看得出來是個討人喜歡的女人。因為母親是小學老師的緣故，我聽得有些驚心動魄。

年紀漸大，許多從前迷惑的事愈來愈覺得清晰，可是也有愈多的事覺得迷惑了。

我想起了所有曾經與我相聚或分散的女孩。

為什麼這些人與那些人之間聚了？為什麼那些人與這些人竟離散了？

如果我們相遇的時候都不完美，為什麼共同攜手了？或者我們都是那麼完美時，竟然分手了。

是不是像雅麗說的，只是因為捨不得？一點點的不捨與相惜改變了整個世界。

瓊．貝茲的音樂唱著唱著。我很喜歡歌詞的意境，可是我一點都不喜歡鑽石或者是鐵鏽那麼冰冷的東西。如果愛情的記憶給了我什麼，我寧可是一株小小的樹苗，儘管不完美、脆弱，可是每天灌注一點心血，看它長成綠意盎然的大樹，挺拔、茁壯，可以遮風避雨。

「我問你，」看我陷入沉思，雅麗可來追問了，「我那時候一定也有很多缺點吧，你只是在灌我迷湯……」

「不對，」我一臉正經地說，「妳是我最完美的情人。我做夢都不敢相信世界上有這麼完美的典型，妳遠遠超越我最美的夢想……」

幾年來，不管世事如何變化無常，這個標準答案一直不曾改變。我可以預期接著雅麗會喜孜孜地過來追打我。

三、二、一，果然沒錯，我得趕緊開跑了。

編註：〈帶你回花蓮〉是詩人楊牧在一九七〇年代的作品，後由楊弦改編作詞、譜曲，成為經典民歌之一。

你不得不如此

1

有一天晚上，親愛的老婆忽然嘟起小嘴巴，做不高興狀。

「怎麼了？」

「你今天竟然沒有對我說情話？」

「我愛妳。」我知道事態嚴重。

「還要人家提醒。」親愛的老婆在床上翻過去了，露個冷背，「哼。」

「好，是我不對。從現在開始是情話時間，我補說一個晚上的情話給妳聽。」

「才不稀罕，」親愛的老婆慢慢轉身過來，我看到她眼睛骨碌骨碌地轉，不知道正打著什麼主意，「今天罰你表演。」

「表演？」我有些疑惑。不過從雅麗的眼神看得出來顯然她在我的身上又發現了一些新的樂趣。

嘟。我看見雅麗按了CD唱機遙控鈕。一陣沙沙的聲音之後緊接著〈愛的故事〉的音樂流動出來。

Where do I begin to tell a story of how great a love……

「對呀，像你自己說的，表演你臨終對我說情話那一段。」

音樂本身很好，可是也許是現場氣氛的問題，怎麼聽都像是豬哥亮舞台秀的短劇配樂。

「喔。」我想我明白了。我起床走到房間正中央，雙手捂著胸口。

「啊！……」

我做哀嚎狀，倒在地上，還一面抽搐，爬到床沿，拉著雅麗的手：

「我一生一世愛妳，至死不渝。」

雅麗聽完簡直笑得直不起腰來。

「虧你還是醫生，哪有人是這種死法，看起來像乩童一樣，」現在音樂停了下來，

「重來，重來。你要看起來虛弱些，說得誠懇一點。不在乎天長地久，只在乎曾經擁有。像電視廣告那樣，很感人的，懂不懂？」

「喔。」

音樂又重新響起。我慢慢走回房間中間。

「快點啊。」雅麗催促著。

我有些適應不良。我想起當年第一次對親愛的老婆說情話時，她臉上的表情。

「什麼？」

那時候我們認識才不久，我正展開熱烈的追求。我不曉得到底是什麼不對勁。夜色很好，我的發音清楚，附近行人也不多。可是她卻一臉不解，要我把剛剛的情話再重複一遍。

「我的意思是說，」我搔了搔頭，「妳可以一直走……走進，我的生命……我……為妳，準備好了……一生一世……」

等到我說第三遍時，雅麗終於笑得花枝亂顫，不可收拾。

「求求你不要說給我笑好不好？」

我不知該如何才好。我記得千真萬確，她真的那樣說：

求求你不要説給我笑好不好？

「我很抱歉不是你所希望那個樣子的女孩子。你應該少說一些不切實際的話，多做一些踏實的事，好嗎？」雅麗表示。

Where do I begin to tell a story of how great a love……

而音樂仍進行著。七年以後，事情有了那麼重大的轉變。現在我從房間正中央一路到床沿又死了一遍，仍是那句台詞：

「我一生一世愛妳，至死不渝。」

親愛的老婆聽了這些華麗的言辭總算有些滿意了，讓我死在她的大腿上。死了差不多幾分鐘，我開始有問題了，我問：

「為什麼婚前妳討厭我說情話，要我踏實一點，現在卻愛死了聽情話？」

「那時候不管你說什麼蠢話都是為了追我，反正聽了也是白聽。可是如果現在你對我說情話，那是因為你愛我，我當然很愛聽。」

「喔？」

「總之如果你年輕時講了太多的蠢話，老了就會變得無話可說，所以替你保留一些，懂嗎？」

「妳覺得那很蠢？」

「年紀輕輕的，裝模作樣地說一生一世要怎麼樣、怎麼樣，自己都不知道能不能實現，還一直說，愈說愈噁心。有比那個看起來更蠢的嗎？」親愛的老婆表示。

「既然那麼蠢，妳還叫我表演？」我抗議。

「那不一樣啊，我們在一起這麼久。如果你要死了，說一生一世都愛我，至死不渝。你同時就能兌現你的話，那多麼浪漫啊，一點都不蠢。」

「我像一隻老狗，永遠有學不完的新把戲。」我的媽。

「話又說回來，」雅麗停了一下，通常那是宣佈重大決策才有的神態，「看你表演我覺得很難過。我不要你死。我心裡想，我寧可你活得好好的，不對我說情話沒關係。」

我過去擁抱她。完全合乎一個夢幻情人應有的舉止與表現。婚姻總是教我學會很多事情。可是不瞞你說，我感到迷惑。我今天就是因為活得好好的，沒有說情話，才招惹來這麼一堆責罰……

2

婚姻專家常常說婚姻相處最好要有一點情趣、帶一點幽默。

我絕對算不上是婚姻專家，因為我僅有唯一一次的經驗。可是常常有人問起我類似的問題。有時候我被問得很無奈，只好實話實說：

「你不得不如此，因為實在沒有更好的辦法了。」

婚姻生活就是那樣，沒有什麼人真正是專家。最初對很多事情你也許成竹在胸，後來你發現事實並非如此。不但這樣，結婚愈久，你愈搞不清楚。就是這麼回事。

我還記得結婚之前，我曾理直氣壯地買瑪格麗特花送給雅麗，甚至還擊敗了老是送玫瑰花的情敵。我們彼此就在雅麗客廳的花瓶較量，我丟棄盛開的玫瑰花，插上瑪格麗特。對方則以相同的手段回報。戰況之激烈，不下於四行倉庫的國旗。

於是結婚之後，買花就變成了那麼天經地義的事。可是親愛的老婆誠懇地告訴我，如果我要花那麼多的錢買花的話，那還不如省下來讓她買衣服算了。因為真摯的感情並不一定非得花前月下不可。後來我們度過了一段有情無花的美好生活。

可是有一次，我送給一個女孩子鮮花作為生日禮物。這個女孩子是那麼地喜愛花花草草，所以我對送這樣的禮物頗為得意。這與親愛的老婆認知正好相反。

「你為什麼送花給別的女孩子，可是從來不送花給我？」

「妳曾說過不要送的啊，不是嗎？」我一臉無辜：「我以為妳是更重視實質內涵的女人。」

「我說過請你不要把書本亂丟，你做到了嗎？為什麼不要送花做得這麼好？」親愛的老婆像有無限委屈，接著又說，「再說，我從來也沒把你省下來的錢拿去買什麼不必要的衣服啊！在你心目中，我真是那麼俗氣的女人嗎？」
「那以後我恢復送花的習慣好不好？」我毫無招架能力。
「這不只是花的問題。」雅麗狠狠瞪了我一眼。
不是花的問題？我陷入了五里霧中。
婚姻生活再過下去，每到了情人節、生日、紀念日等重大慶典，我開始迷惑了。從花的問題延伸到不是花的問題，可說已經到了民將何所措其手足乎的地步。
有一個同事在我們辦公室的白板寫的字給我很大的啟示：
「所謂情人節就是：如果你不送花或者巧克力你就糟糕了的日子。」
我感同身受，痛下決心，昨日之日譬如昨日死，今日之日譬如今日生。不要隨意相信女人說的不要。不管親愛的老婆再如何推辭，每逢佳節，一定要送花以明心志。
最初這個主意看來不錯，可是過了幾次，又有問題了。
親愛的老婆聞了聞花香，她說：
「我要你明白，那不是我真正的意思。我不要你送給我花，好像是盡一種應盡的責任或者是義務。我要的其實只是你的誠意……」
我曾經說過，不管做生意或者是任何事情，如果有人要的只是你的誠意，請千萬記得，那就表示事情很麻煩了。

我絞盡腦汁。心想，如果改成不定期主動送花，並且加上情詩幾句，來個意外的驚喜，會不會更有誠意呢？

有一次，我送了一束水仙花，並且在卡片上逐句抄寫杜國清的情詩：

誰願做我的情人，
我就獻給她一棵小水仙，
我的心像那多重的鱗莖，
我的手臂像那細長的綠葉，
我的耳朵像喇叭喜愛收聽春風，
我的哈欠也像喇叭常在水邊嚇跑了魚，
我的羞是白色的，
我內部有濃黃杯狀的慾望，
那香氣是我一夜失眠的歎息。

花店老闆覺得情詩很好，她想抄襲下來作為賣水仙花的附贈品。她問了我很多送花的理由。紀念日？週年慶？生日？都被我否定。其實連我自己也說不出一個很好的理由。

過了不久，她用一種不敢置信的眼光問我：

「你確定這花要送給你老婆？」

等我點點頭後，她很肯定地說：

「你一定是做錯了什麼很嚴重的事。」她把很嚴重再強調了一次。

我搖搖頭。其實我自己並不確定。不管送花或不送花這件事已經讓我愈來愈歇斯底里。

有一回我在紐約現代藝術博物館看到一幅法國畫家夏卡爾的畫作「生日禮物」。夏卡爾送給他的太太一束鮮花作為生日禮物，他的老婆心花怒放，當場給他一個唇吻。畫面上就看到夏卡爾與他的老婆嘴對著嘴，然後整個人得意地在空中翻飛起來了。

那是我最喜歡的夏卡爾作品之一。不管畫評怎麼解說，我覺得翻飛在空中的夏卡爾心裡一定感激涕零地想著：

「天啊！這次總算幹對了。」

離開現代藝術博物館，我們走在紐約的街道上。有玻璃門亮麗的高級花店展示著美麗的花朵。我還沉醉在夏卡爾那幅畫的綺思裡，才走過去，雅麗立刻搶先去翻看花束上的價目卡。

「我知道你在想什麼，我可不要把花插在旅館的花瓶裡、或者抱著去坐飛機，」她鄭重地對我說，「我警告你別輕舉妄動，我是很認真的，你最好想清楚，這一束花八十多美元……」

3

所以我說你不得不如此，學會一點幽默。並不是每件事情都有圓滿的辦法去解決。

有個讀者誤解了我的意思。

她看了《親愛的老婆1》之後，得到一個結論：原來她婚姻中的許多問題都導因於她和老公太過於忽略了生活情趣、缺乏幽默感。她的做法是她必須主動去創造出一些情趣，進而帶動她的老公。

這位讀者的老公並不完全能夠理解他老婆對婚姻不滿足的部分，當然更不用說之後衍生的那些主動創造的情趣、幽默。

「如果妳覺得問題出在我們太久沒有去看電影，那很好，這個週末我們就一起去看電影。我無所謂。」她的老公表示。

他們決定把孩子寄放在丈母娘家裡，一起去看電影。走在西門町的馬路上，太太很不是滋味。她覺得問題在於她先生的態度，她最生氣的就是他的無所謂。她初戀就嫁給他了。從前談戀愛的時候，他們也常常看電影，那時候他不是這樣，他會留意她的一顰一笑。她記得有時候電影放映，她笑得過頭了，他會在電影院附過來耳朵旁邊，輕輕地對她說：

「小聲一點！」

黑暗中感覺特別敏銳，像是對著耳朵輕輕地吹氣，那種喜孜孜的感覺她仍然還記得。想起來她甚至覺得有些感傷。嚴格地說，她的老公不能算壞老公，可是他們已經十多年沒在一起看電影，西門町改變這麼大，而她的青春也就在這些柴米油鹽醬醋茶之間，不知不覺流逝了。

他們走到大世界戲院。上映的是熱門電影「蝙蝠俠」。

「就是這家戲院，」先生掏出皮夾裡面的票券，比對了半天，「我剛好有兩張招待券，再不看就過期了。」

太太很不喜歡看「蝙蝠俠」。她一點都沒有心理準備，這個浪漫的晚上會變成「蝙蝠俠」。可是她看老公興致勃勃的表情，忽然不知該再說什麼。

電影開演了。戲院裡頭差不多都是兒童、青少年。儘管大家看得很開心，可是她愈想愈不甘心。她的老公一點都不明白她的感受。也許是聲光的關係，轟然的巨響弄得她大吃一驚。接著的事連她自己都嚇一跳，不知道為什麼，她的眼淚竟然不聽使喚，嘩啦地流了下來。

她覺得好委屈。黑暗中，沒有人關心她的一顰一笑。

眼淚流了不知好久，她決定不再哭了。她想，無論如何她要配合電影的節奏瘋狂地笑個夠。過了十多年，她賭氣地想知道她的老公是不是還聽得見她在笑？

最初她只是跟著笑。可是那還不夠，她自己找空檔笑。她希望別人都能聽見。

沒有人聽見。她刻意再放大音量地笑。

她的老公側看了她一眼，沒說什麼。

再放大音量。她不相信沒有人聽得見。她更誇張地放聲大笑。

終於她的老公轉過身來了，說著十幾年前同樣的那句話：

「小聲一點！」

眾弦寂靜，妳是唯一的高音……

唯一不同的是那聲音提高了幾十倍，壓過全場的一切。這時所有的觀眾安靜了，轉身回來看著他們。

「我哭笑關你什麼事？你關心嗎？」

他們開始大吵，沒有看完那場電影就直接回家了。回到家裡，兩個人整整有兩個禮拜的時間不說話，直到彼此都覺得實在很荒謬為止。

如果你一定要問我的看法，那麼我會簡單地回答：你永遠別妄想主動出擊，把婚姻生活弄得幽默、好玩，或者像一些喜劇橋段似的。因為它本身遠比你所能想像的還要嚴肅。

那位太太跟我說這段故事時，已經有些說說笑笑了。他們的婚姻生活似乎也有了一些新進展與風貌。我相信她真正學到一些所謂的幽默是在後來的那兩個禮拜。

4

所以我差不多也是這樣一點一滴地在婚姻生活中學習我的幽默與樂趣。

我記得當初我和老婆約會的時候，她堅持各自付帳。她認為這是一個獨立自主的現代女性最起碼應做到的事。我雖沒有那麼現代，但對她的作為實在刮目相看，好生敬佩，並構思出了一套男女平等的美好遠景與藍圖。

後來我們結婚了。親愛的老婆好心地建議要替我保管薪資提款卡、存摺、印章，以方便提領各種薪資、版稅，省去我的麻煩。我欣然同意。

結婚更久，我們買房子了。親愛的老婆體貼地在所有權狀上填上自己的名字，並且辦理手續，以省去我跑戶政事務所辦理過戶的麻煩。

後來我的生活不知不覺就變成了那樣：我的薪資或者出版社寄來的支票自動轉帳進了銀行帳戶，親愛的老婆把帳款轉還房屋貸款、或者其他款項。除了向親愛的老婆支領零用錢花用外，我的生活再看不到任何錢。我像童話故事裡的王子一樣地活著。

基本上，我覺得滿快樂的。除了偶爾與我核對信用卡花費的項目與去處之外，我很少在金錢上有不方便的地方。我最大的私房樂趣是，如果我投稿給皇冠雜誌，我被恩准可以把稿費當作私房錢。（並不多，老編可以作證。）

我不知從什麼時候起，雅麗進一步養成了一個親愛的壞習慣：那就是花用我的私房錢，與我共享私房快樂。

「存摺裡面有錢，妳為什麼一定要花我的私房錢？」我不明白為什麼花我的私房錢讓她那麼興奮。

「存摺裡面的錢是我們的錢，」親愛的老婆理直氣壯地表示，「我們的錢也就是我的錢。可是你的私房錢那不一樣，你肯讓我花私房錢，表示你很愛我。我當然很高興。」

從各自付帳到共同花用我的私房錢的許多過程與邏輯我並不明白，可是我卻甘之如飴。如果你看得出來一些不平等的什麼，我並不介意，很多時候總得有人吃一點虧，事情才會進行得順利。那是我在婚姻生活或者是人與人相處慢慢學會的事。我不想把所有的事情弄得泛平等化。平等或許是追求幸福很重要的手段，可是我畢竟不是為了追求平等而結婚的。

話又說回來，不管那是什麼代價，能看到你的老公或者老婆如此興奮，那真是莫大的享受。

5

如果民進黨宣佈放棄台獨黨綱，我是說如果的話，我也許不會有多大的震撼。可是當我聽到親愛的老婆決定放棄她試圖改變我亂丟書本的政策時，我實在太訝異了！

「我想通了，」親愛的老婆表示，「如果我無法改變環境，那麼我就必須設法改變自己。」

事實上，我從來不曾故意把書本亂丟。每次看完書，親愛的老婆要求我一定要把書放回固定的位置。如果我還記得的話，我很願意配合。問題是我常常忘記了。親愛的老婆至少試過幾十種方式，要改變我的行為模式。可是我就像老雷根在伊朗軍售案一樣，一臉無辜的表情，感性地說：

「我忘記了。」

我敢發誓，每次這樣說時，我不但無辜，同時還是誠心誠意的。

「你必須認清什麼是你能改變，什麼是不能的。」

親愛的老婆放棄了改變我的可能。現在她決定把我所有亂丟的東西都丟到書房來。

我本來並不以為意，可是丟進我書房的東西愈來愈多，包括我的公事包、運動鞋、游泳褲、睡衣、襪子……我的書房很小，儘管有時我會心血來潮清理一次。不過大部分時間，我的書房裡還是有很多不應該出現在書房裡面的東西，並且塞得滿滿的。

雅麗偶爾會打開我那小小的書房，看看我和那些我亂丟的東西在一起的樣子。看到我的表情，她幾乎笑得直不起腰來。

「現在妳可高興了。」我淡淡地對她說。

她在我的額上輕吻，然後說：

「親愛的老公，現在你可知道這些年我是過著怎麼樣水深火熱的生活了吧。」

我無可奈何地收拾著書房的東西。就像我所說的，你不得不如此，因為沒有更好的辦法了。我相信這個女人跟我在一起一定也吃了不少苦，而我一點都不懷疑，婚姻生活是如何讓她學會了幽默。

我們靠夢想活著

1

在我的書桌前牆壁上的佈告欄一直貼著函館夜景的放大照片。

函館是北海道通過青函隧道前的最後一站，也是整個雪鄉最美的夜色。從高處往下看，交織的燈光在黑暗中鋪陳出這個濱海城市美麗的輪廓，直到細窄的兩岸與海峽灣渡的交接。遠遠望去，像是時光溫柔的沙漏、是少女動人的曲線、是海與陸地之間彼此的撩撥，或者是黑暗與燈火相互的調情……

有時我會不知不覺地在那張照片前發愣好久。

我很清楚地記得是在函館醉人的夜景之前，對雅麗提出再攻讀醫學博士的想法。

「我明白我已經三十幾歲了，這樣對妳和孩子都很不公平。我是臨床醫師，醫學院的老師，並且還要寫作、演說，這些都要付出時間……」

儘管這個念頭在我心中已經醞釀了一些時日，但並未完全成形，我不明白為什麼在函館之夜我會那樣說。我愈說愈覺得心虛，甚至有些吞吞吐吐：

「如果妳覺得我的想法太瘋狂，那也無所謂。畢竟，那只是一種想法，一個夢想。

妳知道，夢想不一定都能實現的……」

親愛的老婆沒有說什麼。對我而言，也許沒說什麼反而是更好的答案。我們牽著手靜靜地走，看著函館醉人的燈火在暗夜中明滅閃爍。

「我跟你說過我的夢想嗎？」雅麗問我。

「說給我聽。」我興致勃勃。

「我希望到處旅行，我們牽著手就像現在這樣。」

「這麼容易？」我問。才說完我就有一點後悔，因為以目前我的情況看來，事實上並不容易。

親愛的老婆看著我，很鄭重地點點頭。

「好。」我轉過身來，像亞瑟王任命他的圓桌武士一樣，把手輕輕撫拍雅麗的頭，以及雙肩。我在她的額頭上輕吻，並且口中唸唸有辭。

「你在唸什麼？」她問。

「我說：我將許應妳的夢想，就如同那是我自己的夢想一般。」

「真的？」

我也點點頭。

「阿門。」雅麗調皮地回答，彷彿她的祈禱得到應驗了。我們兩個人幾乎笑得東倒西歪。

那夜冷冽，同夥的朋友們興致很高，在日式的旅舍內又唱又鬧。我和雅麗記不得喝了多少清酒，穿著浴袍窩進榻榻米上的棉被裡，甜甜蜜蜜地睡著了，直到隔天清晨醒來。

靜極了。我打開窗戶，發現不知從什麼時候開始，窗外無聲無息地飄著雪。

「快來看。」我興奮地喚醒親愛的老婆。

白色的雪花沉靜地在空氣中翻飛，一夜好雪把整個街道、屋簷、樹木都染成驚奇的銀白世界。我擁抱雅麗靜靜地看著一切，天地之間那麼安詳、美好。

不知過了多久。雅麗淡淡地說：

「我昨夜想了想，如果為了孩子和我不去唸書，你一定能夠接受。可是我相信這一生你一定覺得遺憾。要是你覺得遺憾，那我也會感到遺憾。因此，我決定心甘情願地支持你，不管那是什麼代價。就如同你許應我的夢想一般，我也願意許應你的夢想，當成那是我自己的夢想。」

然後她講出了那句曠世的名言：

「我們靠夢想活著，不是嗎？」

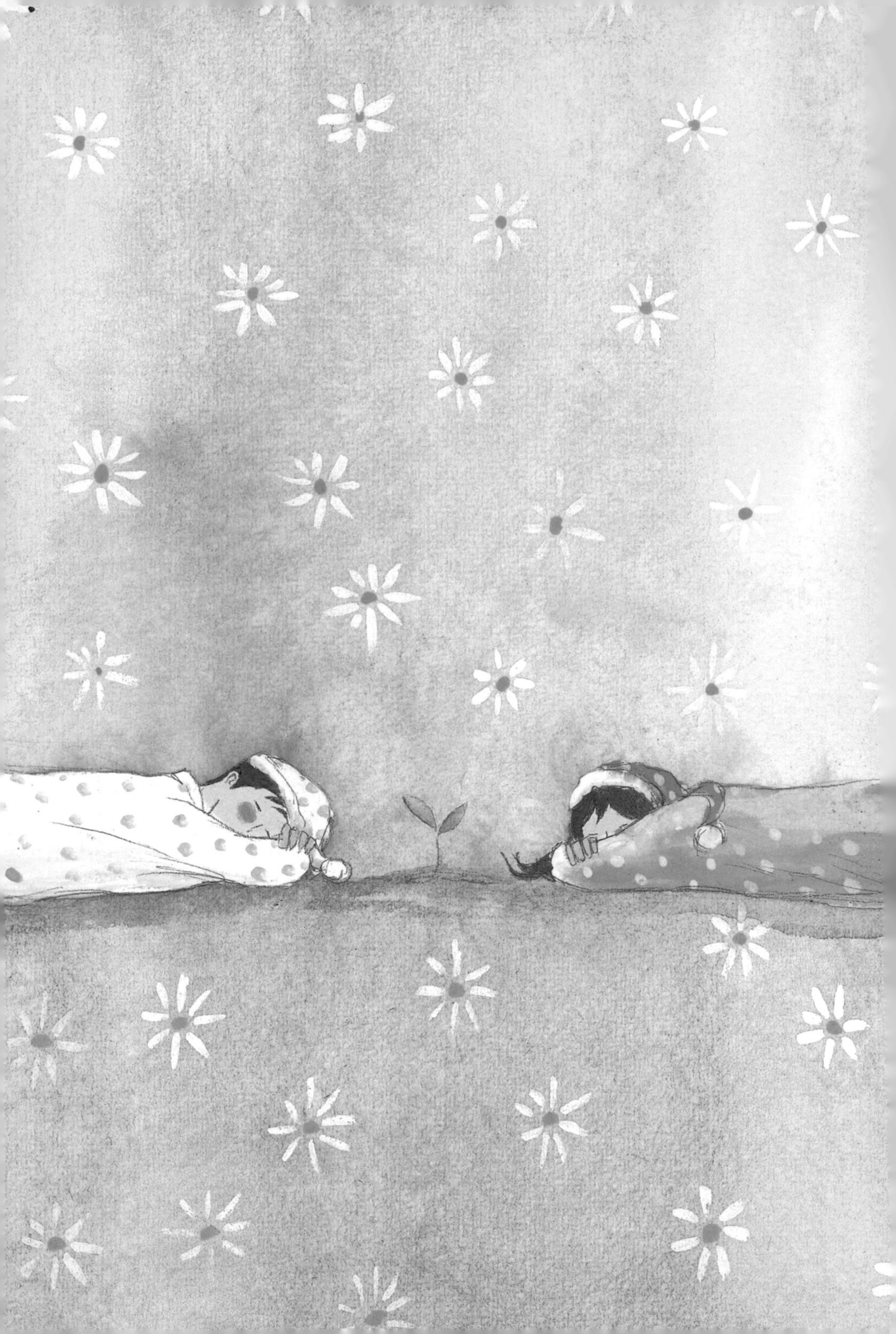

2

事情發生在差不多就是相同的時候。

「那就是心跳。看到沒有？」婦產科醫師指著超音波螢幕上噗噗跳動的影像說，「好了，就是這樣。胎兒差不多有八週大了。」

他在超音波機面上輕按了一個鈕，然後從機器跑出來一張照片。

「小朋友的第一張照片。你們留著作紀念。」

雖然同樣的事情我們曾經歷過一次，可是無論如何再發生時還是會讓你有些不知所措。

「懷孕了？」雅麗一手拿著衛生紙擦拭肚皮上的軟膏，一手接過那張超音波的照片。我覺得最好笑的是雅麗看照片時一臉莫名其妙的表情。好像忽然幸運中獎了，有人頒獎給她，完全不知道該怎麼辦才好的表情。

「有沒有看到，這是頭顱，這是脊椎，手，腳，」婦產科醫師指著照片告訴她，「恭喜。」

「真的懷孕了？」雅麗一直重複著唸著這句話。

我也好不到哪裡去，只能跟著一臉無辜地點頭。

我們整好儀容，走出檢查室，白花花的陽光從走道窗戶映射進來，照得人有些茫茫然。

「該怎麼辦？」現在我回過神來，可有些煩惱了。

我想起我們面對老大剛出生時的夢魘。半夜沖泡牛奶、換尿布、無止境的啼哭、洗澡時的大車拚……好不容易老大長大了一些，忽然全部都要重來一遍。

「你說呢？」雅麗反問我。

我們走過嬰兒室，透過玻璃看到像天堂般的溫馨景象，彷彿不斷地安慰你，只要有了小寶寶，就會這麼美好。

「趁我尚未交博士班考試的報名費，我看還是留著給小孩子當牛奶錢算了。」我表示。

「你別賴到小孩子頭上，他喝得了多少牛奶？」

「小孩生下來以後，我們會更辛苦。妳要忙診所、又要照顧孩子。到時候學校一考試，我沒時間幫忙，變成了個沒良心的人，我最恨那樣了……」

「你是真心真意這樣想的嗎？」

「嗯。」我停了一下，「不過……」

「你不用再不過這個，不過那個的了，」雅麗笑了笑，好像識穿我的詭計似地，「你這個人啊，我最了解了。你想做什麼，沒讓你去做，我一輩子都不得安寧。你不趁現在去唸醫學博士，一旦老了唸不動，那更麻煩……再說，你如果能把書本、襪子收好，就已經很有良心了，我不敢苛求。」

「我是很正經的。」我苦笑。

「我也是很正經，」雅麗拿著超音波照片看了又看，「我在函館時不是說過了嗎？你的夢想就是我的夢想。不管有多辛苦，只要我們在一起，我就心滿意足了。我想我能應付得很好，你不用為我擔心。」

我把照片再拿回來放在手上端詳。照片中黑黑白白的圖形，模模糊糊看得出是個小人兒，不過總覺得更接近紀錄片上公佈的外星人。

我看了半天，終於笑了起來。

「什麼事這麼好笑？」親愛的老婆問。

「今天，我們生命中另一個最親愛的寶貝正式宣佈要來和我們在一起了，」我把手搭上雅麗的肩膀，「我在笑，到底有什麼事如此不得了，讓我們這麼高興的事都忘了開心？」

我們決定到淡水河畔的餐廳去慶祝。那天下過雨，淡水的夜空透著半透明的藍，稀疏的星星在雲間彷彿隱現。隔著河流，觀音山神秘的身軀靜靜地沿河而臥。幾戶山中人家的燈火點綴其間，正好與星子相映成趣。

「敬我們，還有我們偉大的寶貝們。」我們舉杯互賀。

「好，為了理想，我們從現在開始過著水深火熱的日子。我負責好好把小孩生出來，你負責好好用功讀書，誰都不許後悔。」

我點點頭。

「再說一次我們的夢想給我聽。」雅麗問我。

「好，」我咕嚕咕嚕喝下一大杯啤酒，「等我真的考上研究所，熬個幾年後，課業告一個段落，妳也把孩子生下來了。那時候，我們暫時丟掉一切，去看尼加拉大瀑布，像今天晚上這樣慶祝。」

「尼加拉大瀑布，我喜歡。」

「然後我們像電影『飛瀑怒潮』那樣，穿著雨衣在瀑布底下捉迷藏，澎湃直洩的潮水落入尼加拉河，濺起的水滴、霧氣蒸得我們眼睛想睜都睜不開……」

「再說，我還要聽。」

……

我們常常就這樣神經兮兮地說著夢想，彷彿只要多說幾次就會實現似地。說夢想實在是很愉快的事。儘管大部分的時候我很努力，不過偶爾我也會衷心地希望夢想沒有實現，特別是我的博士班入學考試。我心裡打算著，就算我沒有考上，至少我曾經努力過，將來也不至於有所遺憾。更好的是，一旦我真的沒考上，我和雅麗其他所有想要實現的夢想，可就容易得多了。

天不從人願，幾個月以後，雅麗的肚皮愈來愈大，我的博士班入學考試竟然也通過了。雖然我們靠夢想活著，可是夢想很奇怪，常常一個都沒有。一旦夢想來的時候，非常多，然後全部都擠在一起。

3

於是我這樣開始了我的臨床、研究、當老師以及學生的生涯。每天，我把開刀房甦醒的病人送出恢復室後，匆匆忙忙趕到醫學院教室去聽課，或者是到實驗室去做老鼠的疼痛行為測試。有時候，上課上到一半呼叫器響了起來，我必須離開教室，趕快打電話回病房處理病人的問題，或者是實驗室忽然壞掉的冷凍切片機。當我開刀或者麻醉很順利提前結束時，我得趁著下班前的空檔趕到圖書館查詢資料。我最害怕的是調課。因為我的時間排得很滿，常常醫學院老師一調課，我只好去調動醫學系學生臨床實習的課。

與我同班的同學都是台大醫院各科很優秀的主治醫師，他們過去要不是大專聯考全國最高分，就是醫學系畢業的前幾名。儘管如此，研究所的老師仍然相當認真、嚴格。教授們有時會說：

「如果你們達不到要求的標準，一定會被淘汰，沒什麼好說，不適合做研究的人還是回去專心做臨床醫師好了。就算畢不了業你們也不會失業。」

或者是：

「我聲明在先，這次考試我決定刷掉成績在及格邊緣的人。你們最好努力一點，讓自己成績很高。我並不希望這樣對待你們。可是唸書非唸通不可，似懂非懂的人最危險，將來也最容易出問題。」

雖然我研讀的東西相當有趣，好比從挖掘出來的沙皇家族骨頭餘骸做ＤＮＡ比對來分何者是沙皇、皇太后、太子、那個連帶被砍頭的御醫。如何製造翅膀長在頭上的蒼蠅。或者類似史蒂芬．史匹柏從琥珀裡的蚊子化石製造出恐龍的玄想……然而，在這些有趣故事的背後，有成千上萬的研究論文、數據，數不清花費在實驗室的時間以及觀念討論。很多新的基礎醫學科技在我離開醫學院時甚至還沒有出現。對我這個臨床醫師而言，一切都必須從頭開始。

那時候，我常常必須熬夜。埋首在一本又一本厚重的分子生物學、細胞學、訊息傳遞、儀器分析、生命科學……等等教科書，或者是一疊一疊的講義、論文資料裡。雅麗懷第二胎時嘔吐得比第一次還要嚴重，可是她仍然堅持半夜起來替我弄咖啡，做一些簡單的點心。

「我半夜醒來，轉身撲個空。想到你還在奮鬥，就覺得無論如何要起來給你打氣。」

偶爾我看見親愛老婆抓著水槽嘔吐，要求她不要再半夜起來，她總有各式各樣的藉口，後來我學會先把消夜吃完再說，否則她就會固執地在那裡陪我，直到我吃完再回去睡覺。

「我替你再沖一杯咖啡。」她在我的額上輕吻。

常常就這樣，在很深的夜裡，我看著雅麗挺著日益突隆的肚子一步一步走著，看她替我沖泡好了咖啡，然後看著她的背影緩緩走進臥房。我有無限感觸，很想對她說些什麼，可是卻完全不知從何說起。

日復一日我這樣生活著。

每天下班一回家就躲進書房裡，不願被人打擾，好像生了重病的病人，極需要安靜、療養，整個晚上，啃書如啃藥，書房恰似病房。

連大兒子都可以感受到我的壓力，他才四歲，正是似懂非懂的年紀，可是常說的話卻是：

「爸爸唸書書。」

很多時候，他的整個星期假日就是和媽媽守在客廳裡，等著那個關在書房的男人偶爾跑出來逗逗他。當實驗進行或者是考試不順利時，我滿臉愁容走出來，老大小小年紀，竟很知趣地知道不要占用我的時間。有一次，他抱著一本幾乎有半個身子那麼大的書本，東倒西歪地過來討好我，他說：

「爸爸唸書書。」

他說完急著要離開，好讓我安心用功。

我接過來一看，竟是電信局的電話簿。他這樣的年紀，做父親的人正應該是帶著他到處跑跑跳跳的時候，可是我卻一點都做不到。我忽然覺得好笑，又覺得傷心。

到了冬天，老二出生了。

我幾乎忙得沒有時間去體會我的幸福。那時候，我守在病房照顧才做完剖腹產的雅麗。並且每隔四個小時，我必須到嬰兒室去把新生兒推過來餵奶。此外，期末考試正進行得如火如荼。我把病房當成書房，考試用的講義、筆記、論文、教科書擺得滿地都是，我就蹲在陪病的小椅子旁看書……

4

日子繼續過下去，我更忙了。

那時候，假日時間雅麗偶爾必須到實驗室幫忙我做實驗，我們只好請託保姆幫忙照顧老二，然後把老大帶到實驗室去。老大和白老鼠玩，老鼠變成了他的保姆。

我很難過不得不拒絕大部分的演講、或者媒體邀請，甚至是得罪一些善意的請求。

更讓我難過的是，我必須拒絕自己的孩子與我相處。特別是到了假日我們不去實驗室的時間，雅麗必須照顧老二。老大總是藉故跑進書房裡來，打斷我的讀書，希望與我相處，卻被我哇啦哇啦趕了出去。

有一回，我在書桌上發現我的有聲書《在生命轉彎的地方》，封背上我的照片被畫了三個大大的叉叉。

「爸爸的照片怎麼會畫叉叉？」我問。

「是……弟弟畫的。」老大吞吞吐吐地表示。

「媽媽最氣小朋友說謊話，」這時雅麗也加入我們的偵察，「弟弟那麼小，怎麼會畫叉叉？」

老大低著頭，急得快哭出來。

「怎麼不說話？」

「我喜歡封面這個爸爸在笑，可是背面這個爸爸很嚴肅，在生氣，把我趕出去，所以打叉。」他說完又擔心、又害怕的表情。

我過去摟著他，幾乎說不出話來。

「爸爸不生氣，爸爸不生氣。」我愈說心裡愈酸，眼淚差點都要掉了下來。

我變得非常猶豫，覺得事情不能再這樣下去，甚至想放棄讀書算了。

「你都已經熬這麼久了，再撐一下，我們一定可以做到的。」反倒是雅麗安慰我，「不是說過嗎？我們靠夢想活著，誰都不許後悔？」

「我並不後悔，」我沉重地表示，「我只是不能確定，這樣的夢想值不值得讓我把最心愛的人變成了最討厭的人，非得老是趕他出去？」

「你不要這麼自責，我們一直很清楚感受到是你最心愛的人，就像你也是我們最愛的人一樣。」雅麗在我額上輕吻，她很認真地表示，「無論做什麼事，只要和你在一起，我和孩子從來不覺得生活辛苦，我們只希望見到你開開心心。你知道嗎？不管情況再怎麼壞，只要你覺得快樂，我們都會感到心滿意足的。」

我低著頭，說不出一句話來。過了好久，我終於抬起頭，答應雅麗：

「我們會開開心心的，我答應妳。我們會的。」

儘管那時候我正忙於最後一個學期的課業，並且準備最重頭戲的資格鑑定考試。可是我下定決心做一個快樂的丈夫與爸爸。

我和孩子約定，每天在他睡覺前，跟他說一段今天在實驗室發生的故事。我試著發明一隻聰明的老鼠，每天都會逃出籠子，躲到不同的地方。我們共同的任務就是用盡各種方法把牠抓回來做實驗。

大約晚上十點鐘左右，我的中場休息。兒子早躺在床上等待，那幾乎是我們最鍾愛的美好時光。

「結果牠一下子就溜出籠子，逃到抽風櫃後面去。抽風櫃又寬又長、緊貼著牆壁，只有一點點縫隙，看都看不到，一點辦法也沒有。」一開始由我提出問題，「你有沒有什麼好點子？」

「你可以用掃把把老鼠趕出來。」兒子一下子從床上跳了起來。

「不行，爸爸試過。掃把不夠長，而且櫃子後面空隙很窄。」

「那用水灌老鼠。」孩子搔了搔頭，興奮地大叫。

「櫃子後面又不是水池。而且老鼠會感冒，不能做實驗。」

我小時候，父親也曾用同樣的方式，每天說一則他在上班途中遇見的怪獸故事給我聽。時光無聲無息，日出、日落、日出、日落，那個聽故事的孩子不知什麼時候長大了，變成了說故事的爸爸。歷史以這樣的方式重複，溫柔地在你的耳邊低語。感觸實在是說不清楚了。

「那該怎麼辦？」孩子問我。

「爸爸就在櫃子的左邊用兩個喇叭播放吵鬧的音樂，再拿日光燈從左邊照得燈火通明，然後我們就在櫃子右邊出口等。老鼠一聽到音樂又看到燈光，害怕得不得了，一直向右邊縮過來。眼看就要抓到老鼠，可是牠看見爸爸的臉立刻停住了……」

「然後呢？」兒子睜大了眼睛，眼神中充滿期待。

我笑了笑，一切都在掌握之中。

「我在右邊出口準備了一個紙箱子，啦啦啦……左邊音箱的音樂吵得不得了。然後，一、二、三，爸爸關掉除了左邊的枱燈以外所有的燈，於是右邊變得烏漆抹黑。老鼠看不到爸爸的臉，便不顧一切往前衝。碰！果然跑進箱子裡了！」

兒子拍手叫好，過了一會，他忽然問我：

「那是什麼音樂？那麼吵鬧。」

「查理．帕克。」

「查理．怕怕。」兒子學我說的英文。

我在音響架上翻了半天，找出那張ＣＤ，放進機器裡。立刻流動出查理．帕克生命力十足又詭怪的爵士喇叭即興式吹奏。

兒子聽了興奮得不得了，他開始扭動屁股，抬高雙手像是兩隻大耳朵，又叫又跳：

「我是老鼠！我是老鼠！」

我可得意了，也跟著兒子吱吱地附和，然後他便不顧一切地手舞足蹈起來。

5

等到我通過了博士資格考試，收到成績單，成為正式的博士候選人時，我興奮得不得了，第一件事就是想告訴雅麗。

過了一會，我又有了新的主意，我忽然覺得，這麼重要的事，應該給她一個驚喜。而為了給她一個驚喜，我必須裝出很酷的表情。從小到大，又不是沒考過試，不能范進中舉似地大驚小怪。

當我一腳踩進雅麗的診所時，她們的診所正播著「恰克與飛鳥」的日本流行歌曲，那是「一〇一次求婚」連續劇的主題曲，關於一個醜男追求美女的故事。我做出貓王的表情，用日文哼唱我唯一會的那一段旋律：

爲了讓我們感受到愛，

就必須也以愛來回報。

別讓我們，忘掉了置身戀愛中的感覺。

要我說多少次都可以，我想妳是真的在，妳是真的在愛著我……

「咦？」雅麗可訝異了，「你會唱日文歌？」

「這麼美的歌詞。」我可酷斃了，翻開錄音帶盒子以及附錄，一副專家的口吻，把歌詞像新詩一樣，跟著節奏用中文翻譯了一遍。

「你真的會唱日本歌？」雅麗一臉狐疑。

「真的。」嘿嘿，我的屁股可開始高翹了。一個男人也許讓千萬人崇拜，可是他就是很難取悅身旁的那個女人。

先從日文歌曲培養前奏，等到氣氛到了最高潮再帶出主題。我像個寫了很好伏筆的作者那麼得意。

錄音帶自動換面，又唱出來恰克與飛鳥的另一首好歌〈愛情開始時總是下著雨〉。我跟著流動的音樂，又一次逐句把日文歌詞唸成中文：

和妳見面的日子，幾乎不可思議地總是下著雨。

就像走進了水化成的隧道，感到非常幸福。

每次確認自己是在愛著妳時，卻又覺得光只有愛是不夠的。

妳的名字，雖然和溫柔一樣，是十分常見的，
然而一旦叫了出口，便會發覺，這實在是個美麗的名字……

「你在日本時日文好像沒有這麼厲害？」賓果！已經有點相信，並且驚訝了。

我清了清喉嚨，做出了不敢當卻又一點都不謙虛的表情。我說：

「妳不問我今天來找妳做什麼？」

「你真的會日文？」雅麗一臉詭譎。她是一隻超級好奇貓，似乎更關心日文的問題。

「等一下我們再談日文的事。」

「不要賣關子啦，你不宣佈答案，我就不想聽你說別的事情。你一定是騙人的，你根本不會日文，亂翻譯的，對不對？」

「妳聽我說。」

「我相信那些歌詞是你自己發明的對不對？你把我當兒子哄，像什麼實驗室的老鼠，逃跑了啦，對不對？」

眼看主題已經愈來愈模糊了，我一點都酷不起來。最後我只好向這隻好奇貓投降，乖乖地一字一句說：

「我——的——資——格——考——試——通——過——了。」

「你再說一次？」看來威力龐大，好奇貓暫時跳開日文，睜大眼睛，完全安靜了。

「我——的——資——格——考——試——通——過——了。」

「天哪！」雅麗興奮得抱著我狂吻。

老實說，當著診所那麼多病人面前被院長親吻，我實在不太自在。我想給雅麗一個驚喜，沒想到自己卻被她的行為嚇了一跳。

那時候，氣氛非常美好。不知道為什麼，往事像一幕一幕的片段浮現我的腦海。我想起了在函館下雪的夜晚、拿著超音波的照片走在醫院長廊上的陽光、在淡水河邊的承諾、無數寒冷的夜晚雅麗泡來熱騰騰的咖啡、與小朋友說故事、跳舞的時光……

「我們去尼加拉大瀑布，像我們約定的那樣。」

「嗯。」我點點頭。

日本流行歌曲仍然唱著。我相信要不是日本就是氣氛惹的禍，上次也是這樣。我聽見雅麗又開始編織新的夢想，她說：

「我有一個新的夢想，我們去買一棟大房子好不好？」

大房子？此事非同小可，我可對夢想有一點戒慎恐懼了。

「目前革命尚未成功，我還要做實驗，寫論文，」我決定以疏導代替圍堵，「等我真的畢業了，我們去水都威尼斯，好不好？我們坐著小船，在船夫唱著散塔露琪亞的歌聲中，通過歎息橋。然後我們就在那裡親吻，讓每一個看到的人都覺得歎息，到底人生都在忙些什麼，竟錯過了這樣的美好……」

提起畢業，我就想到還有漫漫長路。不過夢想總是好的。起初我彷彿聽到了散塔露琪亞的歌聲。可是那仍然是「恰克與飛鳥」的歌聲在診所迴盪：

妳的名字，雖然和溫柔一樣，是十分常見的，

然而一旦叫了出口，便會發覺，這實在是個美麗的名字……

「雅麗，」我喊了她的名字，「關於日文……」

「嗯？」

我本來想直接招認。在錄音帶附錄裡的日文歌詞底下都印有中文翻譯。

不過既然氣氛這麼美好，我決定還是繼續唸著情詩似的歌詞，然後喊叫她的名字好了。

我們都是
這樣長大的

1

現在是深夜，我們終於把兩個小朋友擺平都躺在床上了。雅麗才從浴室走出來，總算脫離了那一身摻雜著潑翻的牛奶、油湯，以及尿布的氣味。

整個房間到處散滿了玩具、氣球、積木、奶瓶，好像才被轟炸機空襲過一樣。我和雅麗一邊撿拾著玩具，簡直是滿目瘡痍，不堪卒睹。兩個小孩一直一橫地或躺或臥在床上，看著他們均勻的呼吸，我忽然有一種彷彿隔世的感覺。

床前還掛著我們結婚時的彩色巨照，往事歷歷，很多畫面忽然清晰浮現。我們當初談戀愛，高高興興地結婚了，沉醉在某種幸福裡。可是生活慢慢教我們學會很多事，我們當然理解幸福有很多的面貌，可是當初絕對料想不到幸福竟也可以用這樣的面貌呈現……

「你在想什麼？」雅麗打斷我的思緒。

「沒什麼，」我回過神來，「我只是想起，我們竟然已經有了兩個小孩了，好像做夢似的。」

「是呀，好像做夢似的，」雅麗把橫的老二拉直，把直的老大拉正，都蓋上棉被，

「一場看來好像永遠都醒不過來的夢。」

老大

對於老大而言，弟弟的出生對他個人認知的改變是相當明顯的。

巷口有一群老太太很喜歡他。每次她們大擺龍門陣，看到老大經過巷口，總會親切地逗他、和他打招呼：

「弟弟，你回來了。」

老二出生以後，他總是低著頭，繃著臉，一句話都不回答。

這個情況大概持續了幾個月。有一天，他終於不耐煩了，回過頭，瞋眼怒目地對著老太太們大吼：

「我是哥哥啦！」

見識了他的兇悍，老太太們先是錯愕，等弄清了原委後又覺得非常好笑。

現在事情總算又恢復往常。每當他走過巷口，一群加起來好幾百歲的老太太熱絡地喊著他：

「哥哥，你回來了。」

這個四歲的哥哥，像所有事業繁忙的大哥，匆匆忙忙走過去。他沒空正眼看一下，只點點頭、搖搖手，算是打招呼了。

＊

對於新來的老二，哥哥有點看不起。他把這個弟弟玩弄了半天，評估情勢之後，得到的結論是：

「他很笨，不會走路、不會講話，只會哭。」

言下之意，老二對他的社會地位一點威脅力都沒有。

可是天不從人願，情況並非如同他的想像。他發現最明顯的差別是，如果弟弟哭鬧，爸爸媽媽會緊張地去呵護、安慰。一旦換成他，立刻惹來一陣聲討：

「安靜一點！你這樣會吵醒弟弟。」

哭鬧本來是他的特權，現在一下子被剝奪了，情勢每下愈況。更糟糕的是，如果弟弟染指他的任何玩具，兩人僵持不下，最高法庭的仲裁泰半是這樣的：

「弟弟還那麼小，不懂事，你應該讓他才對啊！」

眼看局勢如此，他只好自力救濟。他變得非常吝嗇，開始把自己的東西都藏起來不給弟弟使用。有一次，甚至弟弟身上的棉被不翼而飛，讓他拿去藏了起來。

等被我們人贓俱獲之後，他忿忿不平地表示：

「那本來是我蓋的啊。」

「你要對弟弟好一點，以後他長大了才會聽你的話！」我決定誠懇地和他談一談。

「哎喲，」他沉重地歎了一口氣，「現在弟弟那麼笨都不聽我的話，以後他就更聰明了。」

*

老大新的辦法是打弟弟的小報告。

如果放假在家裡，整天你都可以聽見：

「爸爸，弟弟在玩插頭。」

「爸爸，弟弟摸電扇。」

「爸爸，弟弟在摸微波爐。」

不但如此，他很願意加入我們的行列一起糾正弟弟的行為。在他看來，弟弟如果挨罵，形象低落，相對於他的懂事，他的地位就能夠確保。

「弟弟在玩水，」他常常主動地扮演公共安全維護者的角色，「我去把他抱出來。」

通常別高興得太早，如果過了很久，還一片安靜，這表示事情不太對勁。往往等我衝過去看，這個糾察者不但變成了共犯而且更加狼狽。

我看見他濕答答地從浴盆爬出來，並且面無愧色地指責站在浴盆旁，顯然比較乾淨的老二說：

「都是弟弟，在玩水。」

*

在各項伎倆都失敗以後，老大終於下定決心了，當眾宣佈並且表演：

「爸爸，你看，我也會吃奶嘴。」

他的舉止，把每個人都嚇了一跳。

他痛定思痛，決定使出新的手段，想和弟弟比笨，來個絕地大反攻。不但如此，那以後，弟弟喝牛奶用奶瓶，他也用奶瓶喝水。弟弟吃奶嘴睡覺，他也吃奶嘴上床……

我只好把他找來。

「爸爸問你，弟弟會的，你都會？」

他點點頭。

「好，現在爸爸要幫弟弟換尿布，你脫褲子，等一下你一起換尿布。以後你就方便了，連廁所都不用去。」

「哇……」他嚇得跑得遠遠的。

「怎麼了？」

「爸爸你也太無聊了吧。」他一臉男人對男人的表情。

2

「真的像是一場夢。」看著一大一小的孩子躺在床上，我喃喃自語，「每天都好像打了一整天的戰爭一樣。」

雅麗對著鏡子開始梳理濕著的頭髮，過了一會回頭看我，她淡淡地說：

「養小孩好辛苦，對不對？」

「是呀，好像過去我們從來沒有想過這個問題？」

「像我的父母親養了我們五個孩子，爸爸要上班，媽媽要做生意，真不曉得他們怎麼熬過來的。」雅麗回憶。

「我們的孩子長大，大概也一樣不明白這些吧。」我輕輕地喟歎。

「只要他們長大以後，能夠開開心心，我們就很滿足了，你幹嘛這麼多愁善感？」

「也許有一天，等他們也養了自己的孩子吧，」我笑了笑，「孩子愈大，離開父母親愈遠，想起父母親的時候愈少。父母親卻永遠在做著一場醒不來的孩子夢。」

「這是人生如夢，」雅麗話說到一半，停了下來，撿起一根梳落在地上的頭髮，她幾乎尖叫起來，「啊，白頭髮。」

老二翻了一個身，不滿意地哭起來。

「噓，聲音小一點，」我急忙過去拍拍他的胸膛，直到他漸漸安靜下來，「白頭髮那有什麼好大驚小怪，我頭上隨便都可以找到一把。」

老二

對老二而言，最好的感覺恐怕是依照他自己想要的方式長大。他最先學會的句子是：

「抱抱我。」

之後他就懶得再學別的文法了。他用自己的辦法說話。好比說：坐坐我，就是抱我去坐好。還有吃吃我，就是餵我吃東西的意思。

有一次雅麗指著蔣中正騎馬閱兵的銅像教他：

「蔣總統。」

他愣了一下。

「蔣總統。」雅麗再重複了一遍。

他顯然看出了一些蹊蹺，指著銅像，理直氣壯地糾正我們：

「馬！」

從此那座銅像變成了馬。無論我們怎麼說，都是馬。

＊

他對於所有不明物體處理的方式是先摸摸、按按、拍拍、拉拉、碰碰、扯扯，再踢踢、打打、摔摔，看看到底會怎麼樣。一旦有了預期的反應，他會歸納所有相似的東西，給予相同的待遇。

有一次洗澡，他對著蓮蓬頭大喊：

「喂，喂。」

「哈哈，笨蛋！那不是電話。」他的哥哥捧腹大笑，並且打開水龍頭。

忽然，那個「電話」神奇地噴出水來，嚇了他一跳，他趕忙把蓮蓬頭丟到地上去。

可是過了不久，他又好奇地慢慢靠近去探個究竟。等他一把抓住蓮蓬頭之後，立刻把它摜到地上。他絲毫沒有自省的精神。彷彿跟他哥哥示威似，他壞脾氣地叫著：

「電話，壞壞！」

「我的天！」他的哥哥猛拍著額頭，差點沒昏倒。

*

那個學會刷牙的早上恐怕是他最得意的時光。

他把牙刷靠在前排牙齒上，有模有樣地刷動，他每宣告一次：

「刷牙。」

全家就一片掌聲，歡聲雷動。

他幾乎刷了一整天的牙。然而，不到下午，他就遭遇了挫折。

「你在幹什麼！你怎麼這麼壞？」

那時候我正在書房，聽到親愛的老婆大聲怒斥，連忙跑出去看發生了什麼事，正好看見雅麗一把搶過他的牙刷。

對這突如其來的斥責老二完全愣住，我也愣住了。再仔細一看，才發現那是他從鞋櫃找出來的牙刷。

「這樣會死翹翹，知不知道？」雅麗還在罵他。

我沒有說什麼，我相信老二無法理解，同樣都是刷牙，大人們的反應為什麼差別這麼大？

「哇……」他既無辜又委屈地哭了起來。

雖然他們總是把你氣得七孔冒煙，可是我開始覺得小孩也有很委屈的時候。我才這樣想，正好就看到他張開嘴巴以及那一排沾著鞋油的牙齒……

3

「真的可以找出一把白頭髮？」雅麗質疑。

我們真的認真起來，好像動物園裡兩隻彼此找頭蝨的猴子似的。我本來只是說說安慰她，沒想到雅麗竟在我頭上找到白頭髮，而且比我預期的還要多很多。

雖然我也在她頭上找到一些，但是我很技巧地丟掉一大半。同時我有一點擔心，會不會雅麗手上那些白頭髮也只有實際的一半。

「看來我們大家都在長大。」我笑笑地說。

「是變老。」雅麗提醒我。

我想起蕭芳芳小姐在金馬獎頒獎典禮以「女人四十」獲獎上台領獎，不小心披肩掉下時講的一句名言：

「女人一過四十，什麼都開始往下搭。」

不曉得為什麼，我的年紀雖然還不過四十，可是那樣的感覺卻十分的真確。

「你想什麼？」

我搖搖頭，不曉得該說什麼。我們安安靜靜地看著兩個可愛的寶貝。

「可不可以他們永遠不要長大，我們不要變老，然後一直都這個樣子？」雅麗忽然問我。

是啊。可不可以他們永遠不要長大，我們不要變老，然後一直都是這樣子？可不可以讓美好的感覺為誰永遠停留？

老二又翻了一個身，把小小的腿掛到老大肚子上。

沒有人回答問題。夜又深又靜，靜得彷彿連時光都願意停下來似的。

老大＆老二

「哞……」哥哥學牛的叫聲，並且做出可怕的表情，「哇……」

那一天，老大忽然發現所謂的「牛奶」真的是從乳牛身上擠下來的奶。

正好老二痛恨牛奶。每次餵牛奶，我們幾乎都遭遇頑強抵抗。他還有一個絕招，派他的恐龍、龍貓還有小鴨鴨當代表來喝牛奶。

「咩……」弟弟可樂了，也學牛叫，聲援哥哥。

他們兩個人在這件事情上很快得到共識。那是他們第一次的合作，並且很快發現團結力量大的道理。

＊

「來，媽媽問你，」雅麗把哥哥叫來，「你昨天不喝牛奶把弟弟帶壞，連他也不喝牛奶。你不喝牛奶還可以吃飯，弟弟又不會吃飯，他不喝牛奶會餓得瘦巴巴的，像電視上的那些難民，只剩下眼睛骨碌骨碌地轉，你知不知道？」

「可是他一直喝牛奶，」老大停了一下，「長大以後會不會變成一隻牛？」

「誰告訴你喝牛奶長大會變成一隻牛？」

「我們幼稚園的小朋友說的。」

「你看電視廣告上不是有一個小姐嗎？她都喝牛奶，不但沒有變牛，還變成了世界小姐。」

「我又沒有要變成世界小姐。」他反駁。

「可是你要喝牛奶才會變聰明呀！像昨天媽媽給你考試，填填看你就錯了一題。再不喝牛奶，你還會繼續笨下去！」

看來這個威脅有一點效果。哥哥終於答應了，乖乖地喝完一杯牛奶。

現在輪到老二了。雖然聽不懂人家說些什麼，可是他覺得哥哥所以變節，一定是那一番話的緣故。所以不管我們說什麼，他寧可完全聽不懂，一律同樣的回答：

「哞！」

老大冷眼旁觀半天，他的結論是：

「媽媽，弟弟好像真的快要變成牛了。」

*

「告訴媽媽，你今天為什麼又不喝牛奶了？」

現在哥哥又贏回了失去的信譽，成了弟弟眼中的英雄了。

「我昨天喝了牛奶，」老大顯得很沮喪，「可是今天填填看還是錯了一題，根本沒有用。」

「哞！」弟弟也跟著示威。

「你生病的時候，吃藥都要吃好幾天才會好，何況是喝牛奶。你才喝了一天，而且只喝了一杯，哪會那麼快就變聰明？」

「那要喝幾杯？」

「你想呢？」

「那我喝兩杯牛奶，夠不夠？」

老大咕嚕咕嚕喝完兩杯牛奶。從不喝到喝兩杯，老二睜亮眼睛簡直不敢相信他所看到的事實。

「弟弟，你要喝牛奶才會變聰明喔！」不但如此，還反過來勸他。

「不要！」老二已經完全失去對他的信心。

老大和老二又一陣拉鋸戰，終於決裂了。

＊

這次的決裂看來十分嚴重。不過只持續了大約三十分鐘。

等半個小時後，老二在廣場學會開那輛小小的電動汽車時，老大對著每個走過去的人自我介紹：

「他只有兩歲，你看他會開車。我是他的哥哥。」

老二偶爾回頭笑，似乎對他的介紹辭感到十分滿意。

4

我終於躺在床上了。想起許多片片段段我們和孩子相處的時光。

雅麗也吹乾了頭髮，躺回床上。她把老大踢開的棉被又蓋了回來。

「真好笑，我們剛結婚的時候還打算不生小孩的。」

「那也是不錯的想法，」我想了想，「不過現在情況改變了我還是很喜歡。真很喜歡我們的小孩。」

「孩子長得好快，好像把我們都逼老了。」

「是啊，我們一天比一天更老。我覺得那種成長、茁壯的笑聲、感覺，離我們好像很遠了，現在能再複習一次，其實也滿好的。」

「我知道你又要說出什麼人生偉大的哲理來了。」雅麗一臉精明地說。

我關了燈，沉默好久。誰能讓美好的感覺永遠停留？

「我還在等。」黑暗中，是雅麗的聲音。

「我想起妳說的話。」

「嗯？」

「我在想，我會陪著妳。不管時光怎麼流逝，在我的心中，他們一直都是孩子，而妳不會變老，我們永遠會是這個樣子。」

【後記】

腦袋迷人的老公

張雅麗

自從《親愛的老婆》出版之後，文詠老是津津樂道：「別人都跟妳說，他那麼愛妳，他又那麼幽默、風趣又有才華，當他的太太真是好幸福呦。」卻不提吳姊姊（《吳姊姊講歷史故事》的作者）告訴他的話：「文詠啊，你真幸福，可以娶到像雅麗這麼好的太太！」所以聽到這句話，其實我心裡相當的不以為然。於是，我們兩個常常為了到底誰比較幸福而爭論不休，爭到最後，算是各有千秋，互相扯平了事。

不過當他老婆有個最大的好處，是我自己不用讀太多的書，就能夠從他那邊得到很多醫學以外的學問。舉凡中外歷史、哲學、社會學、藝術、電影……等等可能很多是我們一般外人不太會去接觸的東西，他都讀得津津有味，而且讀完之後會跟我講一些理論的東西，我聽著聽著，也會把這些理論統合成自己的概念，應用在現實的生活中。所以在某些方面來講，他可以說是我的私塾老師呢。

其實當初我嫁他的時候，就是看上了他這顆腦袋！但是以前我這樣說的時候，他都會很不高興地問我：

「難道妳都沒看到我的英俊瀟灑嗎？」

我由衷地告訴他：「像你這麼幽默風趣然後又這麼聰明，那真的很不容易啊。」

然而這種說法似乎並不能讓他降低自己英俊瀟灑的重要性，他還是一副很生氣的樣子。我只好換個角度講：

「其實我就是再找一個男人，也不會找英俊瀟灑的啦，我還是會找像你這種腦袋迷人的男人喔。」

由於這次的說法顯然大大提昇了「頭腦」的實際吸引力，他終於能釋懷地接受「我的頭最帥」這回事。

不拘小節的生活白癡

雖然他是一個博學多聞，很會讀書的人，然而相較之下，他大概就是那種所謂的「生活白癡」，又非常地「不拘小節」，這點實在是讓我挺困擾的。

比方說，他會不斷上演「鑰匙不見了」這樣的戲碼，尤其「手機不見了」事件更是相當離奇：有一天他的手機弄丟了，只好再去買一支新的。然後過了三年，他把自己的一件皮衣拿給我們家老大穿，兒子穿上之後順手摸了一下口袋，說：「欸？爸爸，這個口袋裡怎麼有一支手機啊？」還真是君子尋手機，三年不算晚啊。但他總覺得這些「身外之物」不足為道，因此這類事情依然持續不斷的發生中。

這還是小事，最令我抓狂的，是他東西老會亂丟！我只好當起家裡的老媽子，板起臉來發落這個發落那個。而長久在我的調教之下，他終於比較像話一點了。不過這其實都要感謝我們家小孩，如果沒有小孩，我大概再怎麼求他、拜託他都沒用，現在卻可以乘著「配合教育小孩」之便，名正言順地發出正義之師：

「哪有媽媽教小孩收東西，然後爸爸亂丟？那我怎麼教？這是什麼世界?!」

這招真的相當管用，甚至有時候我還可以叫小孩幫著督導他：「你爸爸沒收喔，你去跟他講！」

他會包容我這個任性的老婆

有人問我們的婚姻為什麼可以維持得這麼好，我覺得溝通是最重要的。

每天晚上小孩睡了的這段時光，我們就會談一些彼此的想法，也許是為了某些理念不同，或是為了小孩的教育問題，為了我們的夢想，也可能只是隨便聊一聊，有時候會談到半夜兩三點。

當然也不見得每次溝通都是很愉快的，畢竟我們是來自不同的家庭，我有我的堅持，他有他的信念，有時候實在是講不下去的時候，我就不談了，等想清楚了才會繼續再談。

不過，我們也不是每次都能達成共識，有時候因為我比較任性，執意要「硬幹」一下去，但是他都可以包容我，看我什麼時候會硬幹到不行，再幫著我用他的方式去做。事後他會故意跟我炫耀他的容忍度有多好，多會包容我這個任性的老婆，我也會跟他講：「其實我的容忍度也很好啊，只是你看不到而已，我替你收了多少東西啊，還要幫你解決東西不見啊、鑰匙不見啊……」他只好又甘拜下風了。

他是個相信人性本善的爸爸

對於小孩的教育方式，剛開始我真的很不能認同他的做法。

譬如有一次小孩隔天要月考，卻嚷著不想讀書，他就讓小孩去俱樂部玩，只跟他說，玩到不想玩的時候告訴我。結果小孩真的一直玩，玩到俱樂部要關門了才回來。他們爺兒倆一個放得開心，一個玩得高興，只有我這個媽媽擔心得不得了：

「明天要月考了耶，他都沒有讀怎麼辦啊？」他倒是一派的悠閒：「哎呀，考六十分也不會怎麼樣啦，分數都是假的嘛，小孩如果真的要讀，一下子就上來了，不用擔心啦。」

他的說法是，小孩自己有向上的心，只要父母恩愛，做事正派，家庭溫暖，基本上小孩就不會變壞。他覺得不要一直去煩小孩跟他說什麼事情才是對的，不要去理他，叫他自己來，等他有一天自己想要好的時候，就會改變了。

其實這種想法有一點似是而非啦，要讓小孩自己做選擇，小孩當然也會徬徨啊，這時候我們大人就應該在一旁加以誘導才對啊！

希望百年好合

他常說他很愛我，我問他：

「我怎麼知道你很愛我？」

「因為我們家出身良好啊。」

「什麼叫做出身良好？」

「我爸沒搞外遇，我阿公沒搞外遇，所以我也不會搞外遇，我們家都是清白的！」

「你搞外遇跟你爸有什麼關係？」

「反正咧，總而言之呢，我就是很愛妳啦，只有不愛老婆的人才會搞外遇。我覺得妳已經不是我的太太了，妳是我的骨肉，而骨肉是不能分離的。」

聽他這樣講，我心裡其實滿感動的，我覺得一個先生會跟妳說這樣的話，那他真的是愛妳愛到心坎兒裡了。

昨天早晨剛睡醒的時候，他躺在我身邊，跟我說：「我覺得在我的生命中，妳好像會影響我做任何重大的決定，而我也都會以妳的意見為重要的參考。」所以他下了一個結論說：「我發現我要改變自己，還不如先從改變妳開始。」

雖然我故作懷疑地問他：「是嘛？真的嘛？」但心裡還是很高興的。不過高興的同時，心裡也有一種「臣惶恐」的責任感……原來話真是不能隨便亂講啊，萬一哪次我的判斷錯誤，那豈不是糟糕了嗎?!

這也就是當初我為什麼不找一個外表好看的，而是找腦袋迷人的男人的原因，因為我知道聰明的男人絕對懂得疼老婆的。

世界不斷地在進步，不斷地在改變，新奇的東西不斷地被發明，人類的生活方式也不斷地在更新，我們真的很想看看未來的世界，究竟會是怎樣一番光景。所以我們要相約吃得健康，要一起活到一百歲，也要相愛一百年。這是我們現在最大的夢想。

——【本文節錄自《皇冠雜誌》第六〇一期】

侯文詠之所以成為侯文詠的創作起點，
完整收錄29篇短篇小說＋全新自序！

侯文詠短篇小說集

全新版

讓故事被再說一次，小說被再讀一次。也讓埋藏在生命中許多不會再發生了的那些唯一，再度重現……筆如手術刀，劃過生死、榮敗、悲喜，帶著時而溫柔、時而銳利的目光，寫下醫前、醫後、醫外，關於親情、愛情、友情、醫情、同情的故事。這是三十年前的侯文詠，也是後來所有侯文詠的原型，而故事還在繼續。

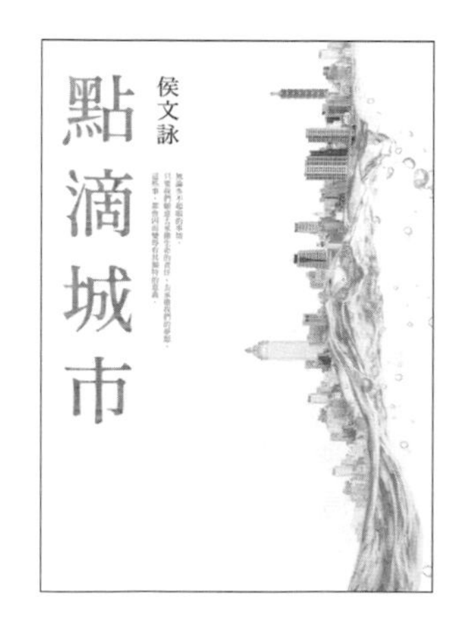

「夢」能實現，
不是因為你比別人都行，
而是因為你比別人都「想」。

點滴城市

全新版

在這33篇散文中，侯文詠縱觀社會，寫醫病關係、體制陋俗、文化漠視；他回歸內在，寫文學思辨、生死體悟、自我實現。他記錄城市點滴，也為城市掛上點滴，注入對世界的真情，以及願世界更美好的想望。透過這本書，侯文詠帶我們多想一點，想遠一點，磨練看世界的眼光，也勇於承擔夢想的重量。

國家圖書館出版品預行編目資料

親愛的老婆／侯文詠著. -- 二版. -- 臺北市：皇冠文化出版有限公司, 2021.06
面； 公分. --（皇冠叢書；第4948種）（侯文詠作品；5）
ISBN 978-957-33-3741-6（平裝）

863.55 110007684

皇冠叢書第4948種
侯文詠作品 05

親愛的老婆

【珍珠婚紀念版】

作　者—侯文詠
發 行 人—平雲
出版發行—皇冠文化出版有限公司
臺北市敦化北路120巷50號
電話◎02-27168888
郵撥帳號◎15261516號
皇冠出版社（香港）有限公司
香港銅鑼灣道180號百樂商業中心
19字樓1903室
電話◎2529-1778　傳真◎2527-0904
總 編 輯—許婷婷
責任編輯—陳怡蓁
美術設計—嚴昱琳
著作完成日期—【1】1992年6月・【2】1996年1月
二版一刷日期—2021年6月

法律顧問—王惠光律師

讀者服務傳真專線◎02-27150507
電腦編號◎010205
ISBN◎978-957-33-3741-6
Printed in Taiwan
本書定價◎新台幣380元／港幣127元

●侯文詠官方網站：www.crown.com.tw/book/wenyong
●皇冠讀樂網：www.crown.com.tw
●皇冠Facebook：www.facebook.com/crownbook
●皇冠Instagram：www.instagram.com/crownbook1954/
●小王子的編輯夢：crownbook.pixnet.net/blog